메리
골드

메리
골드

김현주 소설집

더인숲

아주 오랫동안 소설로부터 멀리 떠나 있었다. 애증의 연인을 냉정하게 떠나보내듯 돌아섰다. 멀리 떠나 있어도 한동안은 잘 살아갈 수 있었다. 그러나 결국 돌아와 순한 자세로 책상 앞에 앉아 소설을 새롭게 고민했다. 그동안 발표한 작품을 모아 두 번째 창작집을 내기까지, 참으로 긴 시간이 흘렀다.

'작가의 말'을 어떻게 써야 하나. 자크 프레베르의 시 「장례식장에 가는 두 마리 달팽이들」을 떠올린다.

> 죽은 나뭇잎의 장례식에/두 마리 달팽이가 조문하러 길을 떠난다네/(…) 그들이 길 떠난 시간은/어느 맑은 가을날 저녁이었네/ 그런데 슬프게도 그들이 도착했을 때는/ 이미 봄이 되었다네

뜬금없이 불러온, 시의 내용을 풀어쓰면 이렇다. 두 마리 달팽이가 가을에 조문을 떠났는데 겨울도 지나고 나뭇잎이 부활한 봄이 되었다. 너무 느린 탓이었다. 실망에 빠진 달팽이들에게 햇님이 말했다. 괜찮다면 여기서 맥주 한 잔 드시고 가시지요, 파리로 가는 버스를 타고 이곳저곳 구경도 하세요. 대신, 침울한 상복은 벗으시고 당신들 삶의 색깔을 다시 찾으세요, 라고. 달팽이 두 마리는 숲의 모든 동물ㆍ식물들과 어울리며 놀았다. 때는 벌써 여름! 그들은 건배를 하며 아름다운 밤을 함께 보냈다.

그리고나서 달팽이 두 마리는/ 집으로 돌아갔네/ 집으로 돌아가면서 그들은 정말 감동했어/ 집으로 돌아가면서 그들은 정말 행복했어/ 술을 너무 많이 마신 탓인지/ 두 마리 달팽이는 조금 비틀비틀/ 하지만 하늘 높은 곳에서/ 달님이 그들을 보살펴주었네이도록 길게 시를 인용해야만 했다. 프레베르, 그의 시에는 내가 미처 깨닫지 못했던 사람살이의 따뜻함이 들어 있다. 달팽이들의 느린 행로를 따라가면서, 나는 위로를 받으며 경이로움을 느꼈다. 어둠 속에서 빛을 발견하게 되는, 문학이란 이런 것. 그러니 어찌 소설을 쓰지 않고 살아갈 수 있겠는가.

목말랐던 시절 소설이 써지지 않아 자주 넘어질 때 '좋은 소설이란 무엇인가'에 대해 질문을 던지고 스스로 답을 찾도록 이끌어 주신, 채희윤 선생님께 깊은 감사를 올린다. 얼마나 다행인가. 모든 일에 늦된 내가 이제라도 조금 깨닫게 되었으니! 오랫동안 세상을, 사람을, 소설을 앓다가 '어떤 아름다움'을 발견했다. 아름다움의 어원은 '앓음다움'. 앓고 난 사람이 보여주는 인간다움이라는 것. 내게 인간다움을 가르쳐 준 소설 쓰기를 사랑한다.

　무력한 나의 꿈을 채근해 결국 출간하도록 도와준 다인숲 임성규 선생님, 첫 창작집『물속의 정원사』를 기억하고 기꺼이 해설을 맡아주신 김진수 선생님, 그리고 '하늘 높은 곳' '달님'처럼 보살피며 내 편이 되어 주었던 사람들에게 감사드린다. 담담하게,『메리골드』의 첫 장을 펼치게 될 독자들께도 감사의 인사를 전한다. 그들 모두, 좋은 소설을 쓸 수 있는 '나의 힘'이 되어 줄 것을 믿는다.

차례

붉은,
행간

1부

그녀가 걸어 나온다. 밤을 가르는 한 마리 올빼미처럼 조용히, 당당하다. 불빛이 그녀의 몸을 지나 검은 바닥을 되쏘고 있다. 긴 머리카락은 얼굴 절반을 가리고 있고 흰 셔츠에 정강이까지 내려온 까만 치마 속 살갗이 어둠 속에서 뽀얗다. 큰 보폭으로 뚜벅뚜벅 걷는 그녀의 표정은 생동감이 넘친다. 기다랗고 하얀 발가락에 조명이 비친다.

무대 한쪽, 동그란 의자 옆으로 다가선 그녀가 바닥에 층층이 쌓인 책 중에 한 권을 집는다. 〈중독〉, 소설가 케이의 마지막 작품이다. 피아노의 화음을 타고 애조 띤 첼로 선율이 흐른다. 그녀의 표정이 조명을 받아 하얀 가면처럼 떠오른다. 알 수 없는 아픔이 서린 듯한 얼굴이 서서히 무표정해진다. 의자에 앉아 책을 읽고 있는 자세는 자연스럽게 보인다. 반듯한 자세로 집중하는 모습이긴 하지만. 그녀가 케이의 소설을 대하는 것은 새삼 고통스러울 것이다.

그녀는 여전히 독서 중이다. 선율은 이어져 지직거리다가 간혹 끊기며 다시 이어지기를 반복한다. 책장을 넘기는 소리가 간간이 들린다. 관객들이 지루해지기 전에 새로운 동작을 끌어내야 해. 에스의 충고를 기억하면서 그녀가 천천히 일어난다. 에스는 1부의 스텝이 되어주기로 했다.

무대 한쪽, 슬라이드 화면에 글자가 움직이더니 문장을 만들어가기 시작한다. 표정이 팽팽하게 긴장되면서 잠시 멈칫하던 그녀는 재빨리 컴퓨터 앞에 앉는다. 대기실의 에스가 자판을 두드린 건지 모른다고 판단한 그녀는 에스의 기발한 즉흥을 즐긴다. 대본대로 움직이지 말고 순간적 감각에 몸을 맡기라구. 그녀는 빛 쪽으로 방향을 틀어 앉는다. 나는 그렇게 사라질 것이다. 에스가 자판을 두드렸을 문장을 접한 그녀는 잠깐 헷갈린다. 이 문장은 에스의 진심일까. 내게서 사라지고 싶은 걸까. 실은 케이의 소설 〈중독〉에 나오는 구절이다. 그녀는 문장에 의미를 두지 않기로 작정한다. 다시는 오지 않을 생의 열대, 나는 절명할 것이다. 그녀가 오랫동안 고심했던 대본의 문장이다. 요절한 케이가 마치지 못한 소설의 결말을 그녀가 완성했다.

그녀는 책을 허공으로 쳐들어 목을 꺾고 시선을 책에 고정시킨다. 〈중독〉엔 케이의 내면이 독백 형식으로 표현되었다. 케이는 자신을 표현하고 싶은, 주체할 길 없는 고통을 그려냈다. 그의 초기 소설들은 의식의 흐름 기법이었다. 케이는 문단의 변방을 맴돌았다. 그녀와 케이가 결혼했던 당시엔 삶이 제법 평화로웠다. 언제부터인지 둘은 점점 대화가 없어졌고 케이는 자신만의 세계에 갇혔다. 시간이 갈수록 그녀의 삶은 봉인되었고 나날이 공허해졌다.

그녀는 책을 가슴 쪽으로 당기며 북, 하고 단번에 한 페이지를 찢는다. 다시 책장을 넘긴다. 다른 페이지의 어떤 문장을 한참 동안 노려보더니 북, 하고 찢는다. 찢은 페이지를 구겨 뭉치더니 바닥에 휙, 던진다. 동작은 서너 번에 걸쳐 되풀이되고 바닥에는 책에서 찢겨 나온 활자들의 분노가 뒹굴고 있다. 바이올린 선율이 불안한 느낌으로 흐른다. 객석에서 작은 웅성거림이 들린다. 헌정 무대가 아니라 모독의 무대다, 라고 누군가 비아

냥댄다. 그녀에게는 들리지 않는 목소리들이 술렁이고 있다. 〈중독〉은 케이가 아내인 그녀를 소재로 쓴 소설, 책이 무대로 끌려와 그녀의 손에 무참히 찢긴다. 케이의 문장들은 군데군데 맥을 놓친다. 점점 그녀의 행동은 빨라진다. 이야기들을 뭉텅 잘라 버린다. 어떤 부분들을 버리고 싶었을까. 책은 폐지가 되어 바닥으로 버려진다. 그녀의 책 찢는 동작은 매우 격하다. 급기야 책은 내동댕이쳐진다. 무엇을 부인하고 싶은 걸까. 관객들은 자신도 모르는 사이, 예상치 못했던 즉흥성에 빠져든다. 치마 사이로 드러난 그녀의 두 다리는 지나치게 가늘어 애처롭고 불안정하게 보인다. 어둠 속에서 서글플 정도로 하얗다. 첼로 선율이 무겁게 가라앉는다. 케이는 이 무대의 의도를 알고 있을까. 무대의 진실. 그녀의 자명한 현실은 연인 에스를 벗어날 수 없다는 것이다. 그녀가 에스를 향한 당시, 케이의 고통은 죽음 쪽으로 향했다. 객석에서 누군가 아아, 짧은 한숨을 토해낸다. 앞자리의 관객이 흘낏, 소리 나는 곳을 쳐다본다. 연기에 감동했다고 생각한 것일까. 갑자기 박수가 급하게 터져 나온다. 성급한 관객의 박수는 금세 전염되어 객석을 가득 채운다. 쿵쾅쿵쾅. 순간, 그녀의 심장은 거칠게 흥분되기 시작한다. 관객의 박수를 침착하게 인지한 그녀는 희열에 들뜬다. 터져 나오는 박수로 기운을 차리면서 짜릿한 쾌감을 맛본다.

그녀는 〈중독〉을 마구 밟고 있다. 소설은 허구야. 인물의 정보가 중요한 게 아니라고. 내 작품이 모호하다고 하는데 그건 인물의 내면이 강조되어 있기 때문이지. 독자들과 상관없이 작품은 개별적이어야 하지 않겠나. 상징을 잘 이해해봐. 그리고 보이지 않는 행간을 읽어내면 좋겠어. 케이의 말이었다. 케이는 언제나 자기 말만 하고 마는, 진지함을 넘어 매사에 심각하기 짝이 없는 남편이었다. 그녀는 무명의 소설가 케이를 동경했던 것이, 결혼까지 했다는 것이 실수였다는 것을 너무 늦게 깨달았다. 소통할 수 없어 외로웠다. 중요한 건 형식적 서술이 아니라 작품의 가치라는 거지. 난 늘 그걸 추구했어. 그녀는 케이와 점점 틈이 벌어졌다. 일상적 느낌조차 말하고 싶지 않았다. 그녀의 존재감은 케이와 결혼하면서 사라져갔다. 케이는 그녀가 자신을 내조하며 조용히 살기를 원했다. 난 당신의 마리오네트 인형이 아니야. 그녀는 자신을 마음껏 표현하면서 자유롭게 살고 싶었다. 습관적인 불면이 그녀의 낮과 밤을 바꿨다. 남편 케이와 연인 에스의 경계에서 전전긍긍했다. 에스가 떠날지도 모른다는 불안은 우울증을 가져왔다. 에스가 없는 삶은 죽음 같다, 고 생각했다. 케이에게 이혼을 요구했을 때, 이혼은 안 돼! 라고 차갑게 거절당했다. 절망했다. 깊은 밤, 그녀가 현관문을 열고 안방을 향해 조용히 들어갈 때면 케이는 서재에서 눈을 반쯤 감은 채 아무 소리도 내지 않았다. 케이는 침묵하며 자신의 고통을 조용히 길들여갔다. '새장 속의 새는 잠시 나갔다가 새장 속으로 다시 들어올 것이다.' 소설에 썼다. 그녀는 자정 이후에야 집으로 돌아와 침대 속으로 파묻혀 들어가곤 했다. 지친 몸을 부리며 죽음 속으로 깊게 스며들었다. 묘지 속을 걸어 나갔다가 초승달이 뜨면 묘지 속으로 들어오는 순장된 영혼 같았다. 케이와 마주치는 순간을 끔찍하게 여겼으나 표정으로 드러내지는 않았다. 아침이 되어도 케이는 아내의 얼굴을 볼 수 없었다. 잠든 아내를 두고 베란다에 나가 담배를 한 대 피운 후, 현관을 나섰다. 불면과 흡연으로 몹시 피로했으나 학교 강의를 해야 했다. 그녀는 현관문이 닫히는 소리를 확인하고서야 침대에서 일어났다.

그녀가 일어서더니 갑자기 의자를 밀어뜨린다. 뱀처럼 엎드려 배를 밀며 바닥을 기어간다. 몸을 뒤집더니 풍뎅이처럼 두 팔을 버둥거린다. 그녀의 진실은 케이가 쓸 수 없었던 문장과 문장 사이에 존재했다, 페이지와 페이지 사이에 존재했다. 그것은 남편 케이가 결코 이해할 수 없을 공허감이었다. 독자에게 전달되지 못할 그녀의 공허를, 케이는 글로 쓸 수 없어 밤을 지새웠다.

그녀는 몸을 뒤집어 태아처럼 구부린다. 몸을 구르더니 힘껏 구부렸다 편다. 격한 동작으로 탈진한 듯 쓰러진다. 갑자기 화가 치밀어 올라 견딜 수 없는 심정이 된, 그녀의 속울음은 객석에 들리지 않을 것이다. 케이는 그녀에게 어떤 존재였을까. 케이는 생활을 유지할 수 있는 현실적인 끈이었다. 만약 케이가 그녀를 잡아주지 않았다면 무엇에 홀려 어딘가로 사라질 수도 있었다. 에스가 나타나지 않았을 때, 케이의 아내로 살던 그녀의 일상은 고요했다. 심해어처럼 별다른 움직임 없이 가라앉아 있었다. 이혼을 거부했던 케이의 태도는 절대적이었다. 아내를 떠날 수도, 가만두고 볼 수도 없는, 결혼 생활을 어떤 식으로든 유지했던 남편을, 그녀는 견딜 수 없었다. 케이는 그녀의 세계를 인정한다고 말했지만 인정하지 않았다. 그들의 집에는 위장된 평화가 늙은 고양이처럼 나른하게 졸고 있었다. 숨이 콱, 막히는 것 같았다.

그녀는 뒤를 돌아본다. 관객 중에는 케이의 독자들이 있다. 그들은 무대 위의 그녀를 관찰하면서 무언극의 내용을 파악하려 할 것이다. 그것은 은밀한 기쁨이었다. 바닥에서 일어나 어두컴컴한 객석을 정면으로 응시한다. 치마의 긴 트임 사이로 보이는 왼 다리가 외롭고 불안정해 보인다. 셔츠를 동여맨 허리 사이,

맨살이 어두운 무대 위에서 더욱 하얗다. 조명이 붉은 입술을 강조한다.

그녀는 걸어 다니면서 책장을 한 장씩 넘긴다. 피아노 선율에 섞인 첼로의 주제선율이 흐른다. 〈중독〉에는 그녀의 일상이 사실적으로 묘사되었다. 글자를 쳐다보지 않으려 애쓰지만, 글자마다 서린 케이의 번뇌를 무심히 넘길 수만은 없을 것이다. 이건 진실이 아니야. 분노한 표정으로 책을 비틀어 갈기갈기 찢어 버린다. 그녀의 행위에 실린 과격함 때문에 관객들이 웅성거리자 스텝들이 당황한다. 그녀는 오히려 자신감이 생긴다. 연인 에스와는 욕망이 아니라 사랑이었고 살아있는 행위였다. 에스가 자신의 삶을 죽음에서 끌어냈다고 생각한다. 죽어가는 삶은 마침내 소생했을까. 그녀는 에스와 함께 갤러리에서 소품을 구입했다. 그림은 자신의 일탈 같았다. 둘의 관계를 명징하게 볼 수 있는 상징 같았다. 그림을 침실 벽에 건 후, 그녀는 짓눌리기 시작했다. 위태로운 행복이 노숙자 같은 불안을 데리고 침실까지 들어온 것이다. 그림 속 여자의 긴 머리카락은 바람 방향으로 흩날린다. 여자는 사지를 늘어뜨린 채 눈을 감고 있다. 도시를 뒤로하고 입을 크게 벌리고 있다. 알몸인 여자의 하체를 붉은 나무뿌리가 휘감았다. 그 옆에는 허물어질 듯 낡은 건물이 있고 유리가 깨진 창문에는 검은 고양이가 등을 보이며 앉아 있다. 그 아래 퇴색한 커튼은 흔들리는 느낌을 준다. 그림의 면은 세모로 분할되어 있어 그녀는 화가의 의도를 제대로 읽을 수 없었다. 불타는 나무뿌리에서 짜릿한 매혹을 느꼈을 뿐이다. 그림을 물끄러미 볼 때면 간혹, 두려움이 알 수 없는 곳에서 자신을 먹구름처럼 덮칠 때가 있었다. 그것의 정체를 제대로 알지 못했다.

　―제목 〈행간〉은 의미심장한데! 이 그림, 가격도 좋고. 잘 산 것 같아. 젊은 신인의 초현실적인 작품이라…. 너무 시시콜콜 분석하려 들지 마. 어차피 해석은 자기가 이해한 만큼이야. 각자의 몫이야.

　그림을 한참이나 들여다보던 케이의 말에 그녀는 대꾸하지 않고 이맛살을 조금 찌푸렸다.

　―행간, 이 제목에 작가의 의도가 있겠지.

　남편 케이는 그림에 이중적인 '숨은 표현'이 있다고 다시 말했다. 조금 빈정거리는 투였다. 케이는 서재에 틀어박히는 날이 많아졌다. 발작적인 기침을 그치지 못하고 호흡이 힘들었으나 담배를 놓지는 않았다. 그녀는 집 밖으로 나돌았다. 그녀의 시간은 에스의 것이 되었다. 에스와 늘 함께 움직였다. 집으로 돌아온 그녀는 와인을 마셨다. 와인이 불안한 마음을 위로했으나 정신은 몽롱해졌다. 그녀에게 케이의 존재는 중요하지 않았고, 에스의 존재는 삶을 마취시킬 정도로 강렬했다. 에스는 그녀를 연극무대로 불러내 시간을 생동감 있게 만들어주었다. 우연히 에스의 아내를 만났다. 그 후, 에스의 삶을 구원할 수 있는 사람은 오직 자신뿐이라고 생각했다. 그의 아내는 매력적인 구석이 없어 보이는 평범한 여자였다. 우월감에 들뜬 그녀가 에스의 후원자로 바쁘게 사는 동안, 케이의 병은 점점 악화되었다.

그녀는 책상 위에 놓인 유리잔을 집어 든다. 유리잔에 담긴 와인 빛깔은 황홀하게 보인다. 와인을 한 모금 입에 댄다. 혀끝에 닿은 느낌은 저릿하다. 책들이 바닥에 흐트러져 있다. 붉은 와인 옆에 방울토마토와 청포도가 담긴 접시를 배치하기 위해 내내 고민했다. 색깔의 배치는 충분히 관객의 시선을 집중시킬 수 있을 것이다. 그것은 더없이 훌륭한 조화이며 그럴듯한 아이디어라고 스스로 만족한다.

그녀는 페이지가 찢겨나간 〈중독〉을 바닥에서 집어 들더니 책 무덤 위에 펼친다. 책 속에 접시 위의 과일을 집어넣는다.[1]

---

1) 퍼포먼스아티스트 박경화의 작품 '맨발'의 장면을 일부 차용.

청포도와 방울토마토가 책 속으로, 책 바깥으로 쏟아진다. 그녀
는 책들 위에 올라선 후, 〈중독〉을 밟는다. 토마토와 청포도가
튀어 나가고 일부는 그녀의 발길질에 짓뭉개진다. 다시 책 위를
두 발로 힘껏 내리밟는다. 책 속은 젖어 얼룩 범벅이 된다. 과육
은 책 속에서 으깨어지고 과즙은 행간으로 스며들 것이다. 짓밟
고, 태워버리고 싶은 책이다. 소설 속 인물들도 과즙 범벅이 된
다. 책을 모독하고 싶다. 어떤 것이 있을까. 그 의도가 관객에게
전달되려면 어떻게 해야 할까. 그녀가 고민 끝에 내린 무대연출
이었다. 케이는 소설이 독자와 소통할 수 없다고 여기며 자책했
다. 소설은 독자들과 멀었으나 소수의 독자를 매료시키긴 했다.
독자들은 블로그를 통해 글을 올렸다. 일부 독자들은 케이의 소
설을 조롱했다.

　그녀는 과일즙으로 얼룩진 페이지를 한 번 더 세게 짓밟는다.
경쾌해진다. 케이는 새벽녘, 간병인 없는 이인실에서 호흡을 멈
췄다. 옆 침대는 비어 있었다. 폐에 물이 차올라서 자주 통증을
호소했지만, 케이의 옆에는 아무도 없었다. 남편 케이의 돌연한
죽음으로 그녀는 한동안 마음이 무거웠다. 입관 때, 시신이 자신
을 향해 벌떡 일어서는 순간적인 환각을 경험했다. 케이가 죽은
지 열흘 후에 출판된 〈중독〉은 유고집이 되었다. 저자의 죽음으

로 사장될 뻔한 책은 겨우 빛을 보았다. 유고집은 냉담한 그녀를 격한 고통 속으로 몰아갔다. 소설의 내용은 사실이 아니었으나 진실에 가까웠다.

음울한 애도, 첼로 선율을 피아노의 안정된 주선율이 끌어간다. 〈위대한 예술가의 추억〉은 케이가 즐겨 들었던 음악이다. 차이코프스키는 케이가 좋아했던 음악가였다. 에스는 이 곡을 굳이 배경음악으로 선택했다. 그녀는 '위대한'이라는 단어가 마음에 들지 않았지만 연인 에스의 결정을 존중했다.

—이 무언극은 그 자체만으로 새로워. 두고 봐. 일주년이 적당한 시점이야.

〈중독〉을 읽은 에스의 제안이었다. 삼각관계의 욕망 구도는 에스의 흥미를 불러일으켰다. 케이를 모르는 독자들이 훨씬 많았지만 '요절작가 케이를 위한 헌정 무대'라는 부제는 사람들의 호기심을 자극할 거라는 판단이었다. 요절이라는 단어는 매혹적이다. 젊은 죽음에 대한 경의만으로도 성공적인 무대가 되리라고 생각했다. 그녀가 쓴 대본과 퍼포먼스의 구성도 신선했다.

그녀는 과일을 집어 객석을 향해 흩뿌린다. 과일 향기는 관객의 코로 전달될 것이고 관객은 새로운 느낌을 받을 것이다. 생각만으로 즐거워진다. 순간을, 이 무대를 즐기자. 그러나 확실한 결론은 예상을 빗나간다. 그녀 앞의 관객 몇 사람이 받을 줄 알았던, 청포도 알들은 객석의 어두운 바닥으로 힘없이 굴러떨어진다. 그녀는 조금 당황하다가 관객들이 제 표정을 읽을 수 없다는 데 생각이 미쳐 안심한다. 자신만의 아이디어로 만든 이 무언극은 신선한 거라고 최면을 건다.

그녀는 방울토마토를 집어 그것들을 던지지 않고 객석의 한 사람을 겨냥한다. 가볍고 부드러운 동작으로 흩뿌린다. 그것을 받기 위해 아, 하는 짧은 한숨이 터진다. 와그르르, 관객들의 박수가 터진다. 관객의 호응을 받았다는 것에 그녀는 자신감이 생긴다. 힘을 얻으며 희열을 느낀다. 그러나 박수는 짧고, 침묵은 길다. 그녀는 거품처럼 꺼져버린 객석의 반응이 갑자기 두려워 등골에 식은땀이 흐른다. 책과 함께 과육을 마구 뭉개기 시작한다. 사방으로 뛰쳐나가는 알맹이들을 쫓아가 하나하나 짓밟는다. 〈중독〉은 과즙으로 흥건해져 그녀의 코에 과일 냄새로 전해진다. 멀리 있는 객석, 관객은 맡을 수 없는 향기다. 그것이 못내 안타깝다. 아아, 울부짖는다. 그녀는 케이의 소설로 인해 상처받았다. 얼굴색이 푸르스름하게 변해가는 케이 대신, 마지막 교정을 보면서 남편 케이를 죽이고 싶었다. 〈중독〉의 결말은 주인공

여자의 죽음으로 끝났다. 그녀는 어떤 예감으로 부들부들 떨었다. 소설 내용을 크게 해치지 않은 두 줄로 마지막 부분을 슬쩍, 수정했다.

그녀는 소설의 마지막 장을 북, 잡아챈다. 결말을 찢은 그녀가 불안한 자세로 무대의 끝과 끝을 달린다. 탈진한 듯 무대 위에 쓰러진다. 조명에 드러난 창백한 얼굴은 지나치게 차가운 느낌이다. 그녀는 연인 에스와의 관계를 무대예술일 뿐이라고 변명했으나 남편 케이가 둘의 밀회를 모를 리 없었다. 케이의 의도된 묵인은 그녀를 혼란스럽게 했다. 마침내 심장의 열 때문에 입술이 바싹바싹 말랐다. 그들 부부는 각자의 방에서 각자의 생활을 유지했다. 겉으로는 평온한 관계로 보였다. 아파트 이웃들은 그들 부부를 이상적인 커플로 보았다. 외적으로, 케이는 예의 바른 남자였고 그녀는 품행이 단정해 보이는 여자였다.

그녀가 몸을 일으켜 객석을 향해 인사를 하자 박수가 터져 나온다. 그것은 무언극, 행위예술의 직접적인 보상이다. 그녀는 열띤 박수에 한층 고무된다. 박제의 삶이 아닌, 무대의 살아있는 경험이다. 자신의 연기에 주어진 즉각적인 보상이다. 대기실로 들어간 그녀는 온몸이 땀에 젖어 만족감이 최고도로 달한다. 카타르시스가 전신을 아늑하게 휘감는다. 그러나 대기실의 실제 풍경은 장마철 곰팡이 핀 의류와 조금 전까지 그녀와 스텝들이 피운 담배 냄새가 어지러이 떠돌고 있는, 열악한 소극장의 내부다. 어둡고 냄새나는 공간에는 온갖 자질구레한 소품들이 이리저리 뒹굴고 있어 혼란스럽다. 이제 더는 두렵지 않다, 고 생각한다. 생각만으로도 마음이 조금씩 안정되는 것 같다. 케이를 위한 헌정 무대는 성공적이었다. 남편에게 교묘하게 복수할 수 있는 그녀만의 성공. 먼지 가득한 거울 속의 그녀는 얼굴의 땀을 닦아내며 모호하게 웃는다.

막간

그녀는 대학로에서 〈관객모독〉을 보았다. '피터·한트케'의 희곡은 관객들에게 파격을 선물했다. 배우 에스는 낡아빠진 운동화를 신고 찢어진 청바지를 입었다. 눈빛은 매섭고 강렬했다. 에스는 객석까지 내려와 맨 앞에 앉은 그녀를 사람들 앞에서 모독했다. 그녀에게는 즐거운 충격이었다. 에스는 객석의 몇 사람을 엉뚱하게 모독했다. 관객들 대부분은 배우와 함께 즐겼으나 일부는 황당해했다. 그녀는 뒤풀이의 마지막까지 남았다. 만취한 에스는 처음 만난 그녀와 격렬히, 몸을 불꽃처럼 태웠다. 그들의 어둠은 뜨겁고 달콤했으나 아침은 싸늘했고 쓰디썼다. 그녀는 대학로에 갈 때마다 유심히 연극 포스터를 기웃거렸다. 에스의 이름은 보이지 않았다. 연극판을 떠나 지방으로 갔다는 풍문이 있었다. 그녀는 에스를 잊고 문학동아리 선배였던 케이와 결혼했다.

어느 날, 인사동에서 에스를 우연히 만난 그녀는 다시 가슴이 쿵쾅거리기 시작했다. 길거리 원형무대 위에 에스가 반듯이 누웠을 때, 그녀의 숨은 욕망은 불처럼 뜨겁게 타올랐다. 〈관객모독〉을 떠올렸다. 객석에서 자발적으로 행위자를 자청한 그녀는 알몸인 에스를 붉은 노끈으로 묶었다. 심장이 빨라지기 시작했다. 날카로운 예감 같은 것에 몸을 떨었다. 붉은 노끈으로 묶인 에스는 결박을 풀어내려 애썼다. 그녀는 에스의 가슴 위로 올라섰다. 심장이 쿵쿵 뛰고 있었다. 친친 감긴 노끈이 에스의 삶을 구속하는 것 같아 그녀는 손의 결박을 단번에 풀어주고, 가슴과 허벅지에 감긴 결박은 천천히 풀어 내렸다. 관객들의 박수 소리와 환호성이 터졌다. 그녀는 깜짝 놀라 눈을 떴다. 에스는 붉은 노끈을 들어 관중을 향해 인사를 하고 있었다. 그때, 그녀는 전율이 등골을 타고 뜨겁게 내리치는 것을 느끼며, 황황히 인사동 거리를 떠났다.

그녀는 초췌해졌고 우울해져 갔다. 끝을 짐작할 수 없을 만큼의 긴 고뇌가 머리를 짓눌렀다. 헤어샵에서 머리카락을 싹둑, 잘라냈다. 떨림과 동시에 찾아오는 두려움에 휩싸였다. 오후 세 시의 햇빛이 블라인드 사이로 침입해 전신을 휘감으면 권태는 공허와 뒤섞여 무력해졌다. 그녀는 뿌리 잘린 덩굴식물처럼 서서히 지쳐갔다. 경인갤러리 앞에서 우연히 에스를 만났다. 그들의 눈빛은 뜨거웠다. 예감된 우연이었다. 몇 개의 우연들은 뭉쳐서 단단한 필연이 되었다. 그들은 낯선 골목길을 한없이 걸어 미로 속으로 흘러 들어갔다. 커다란 사이즈의 낡은 구두 한 켤레와 세련된 하이힐이 잠긴 문 안으로 어지러이 흩어졌다. 그녀는 성급하게 침대가 되었고 에스는 급류처럼 쏟아져 내려왔다. 우발적이었으나 익숙했다. 출렁거리는 파도처럼 서로에게 으르렁거리며 섞였다. 탁한 빛깔의 파도는 침대와 하나가 되었다. 둘은 섞였다. 그녀는 흙모래가 섞인 에스의 발 냄새를 전혀 맡을 수 없었다. 흥건해진 그들은 담배를 피우며 대낮을 뿌옇고 몽롱하게 만들었다. 헤어지기 전. 다시 격렬하게 서로를 넘어뜨렸다. 어때, 좋았어? 라는 투의 언어를 더는 쓰지 않는 에스에게 사랑을 느꼈다. 그는 그녀의 감정을 모독하지 않았다. 나의 사랑스러운 악마, 라고 했다. 그녀가 물었다. 이제 우리 어떻게 하죠? 그녀는 에스의 힘 있는 팔에 안기며 영원을 맹세했다. 우린 이제 함께 있어. 걱정하지 마. 에스는 그녀를 만나면서 삶이 수월해졌다. 귀찮고 곤란한 문제는 그녀가 해결했다. 인생이 날개를 달기 시작하는 느낌이었다. 그녀의 연인이 된 에스는 낡은 구두 대신 새 구두를 신었다. 퀴퀴한 예술가의 냄새는 사라졌다. 말쑥해진 에스는 보호받는 생활의 변화에 거듭 놀랐으나 굳이 내색하지 않았다.

사랑이 의심될 때면, 그녀는 두렵고 불안한 눈빛으로 에스를 따라 밀실로 숨었다. 환각의 시간이 섞인 일상은 그녀로부터 아주 멀리 떠나곤 했다. 지루한 생은 과거가 되었다. 그녀에게는 만지면 손에 닿는, 살아있는 에스가 있었다. 그럴 때면 넓은 바다를 항해하는 기분이었다. 이상한 것은 항해에서 돌아온 일상마저 아늑하고 평온하게 느껴진다는 것이다. 그녀는 남편 케이에게 지나치게 다정해졌다. 집안에 온기가 돌기 시작했다. 케이는 일관된 태도로 그녀를 대했다. 그녀는 혼란스러워지면 이불을 뒤집어쓰고 눈물을 흘리기도 했다. 몸 안으로 파고들던 에스의 무게를 느끼면서 끝없는 나락으로 굴러떨어지듯 이불 속으로 깊이 숨었다. 검은 고양이가 베개 위에서 가느스름해진 눈을 반짝 떴다. 그녀는 고양이를 애처로이 바라보다가 울면서 잠에 빠져들었다. 센서 등이 꺼지고 침묵의 어둠이 시작되면, 서재에서 반쯤 눈을 뜨고 있는 케이의 절망이 흔들바위처럼 위태로웠다. 케이의 한숨은 무겁고도 뜨거웠다. 그녀의 취기와 케이의 한숨이 부딪쳐 가구들의 틈이 벌어지고 있었다. 눈에 보이지 않는 틈은 장롱과 장롱 사이, 침대 모서리 끝의 이음새, 책상 서랍을 비롯한 각종 가구의 틈을 비집고 몸통을 불리기 시작했다. 그녀의 불안과 케이의 애증으로 1502호는 땅 위에서 존재하지 않고 허공에 떠다니다가 어느 순간, 지상으로 쿵 소리를 내며 내려앉았다. 격한 진동으로 실내의 벽, 틈은 무섭게 벌어졌다.

그녀는 안방의 크림색 장롱이 한쪽으로 기울어졌다는 것을 발견하고 장롱문을 열었다. 드레스 룸으로 빠져나간 옷들 때문에 장롱은 비교적 간단히 정리되어 있었다. 고개를 갸웃거리며 문을 닫는 찰나, 사진 한 장이 휘리릭 날아와 그녀의 맨발을 스쳤다. 그때, 장롱이 기우뚱 흔들리는 느낌을 받았다. 무심코 사진을 집으려던 그녀는 사진 속 얼굴을 유심히 보았다. 신혼 초, 남편과 함께 찍은 낡은 사진이었다. 벚꽃 아래 둘은 환히 웃고 있었다. 그녀는 사진을 집으려다 화들짝 놀랐다. 사진이 바윗돌처럼 무거웠다. 사진을 억지로 집어 올리려던 그녀의 손짓 때문에, 사진은 찢어지고 말았다. 쿵쾅쿵쾅. 다시, 심장 뛰는 소리가 들렸다. 걷잡을 수 없이 흥분한 심장은 미친 말처럼 뛰고 있었다. 황급히 침실로 달려가 와인을 병째 들이키기 시작했다. 취기는 흥건하게 거실 바닥까지 적셨다. 샤워기에 머리를 들이대면서 열기를 식힌 다음, 재빨리 옷을 길아입있다. 취기는 실내 구석구석으로 스며들었다. 그녀는 마른 바닥을 찾아 발을 디디면서 아파트 안을 빠져나가려 했다. 발을 디딜 때마다 몸을 부풀린 틈이 그녀의 무게를 못 이겨 더 크게 벌어졌다. 현관문을 뒤로 하고 재빨리 몸을 빼려 했다. 검은 틈 때문에 현관문이 흔들렸다. 쾅, 문이 닫히면서 황급히 엘리베이터 앞에 섰다. 집요한 틈새는 끼익 소리를 내면서 엘리베이터 안까지 따라 들어왔다. 틈이 그녀의 몸을 마구 흔들었다. 무서워 혼이 나갈 것만 같았다. 일 층에서 그녀는 안개 가득한 하늘을 보았다. 에스에게 전화를 한 후, 승용차의 핸들을 부여잡고 잠시 망설이다가 액셀을 힘껏 밟고 대학로 소극장을 향해 차를 몰았다. 그 시간, 케이는 병원에서 폐암 말기 시한부 삼 개월의 진단을 받았다.

2부

미니드레스를 입고 흐느적거리는 그녀는 한 마리 관능 같다. 무대 뒤쪽에서 누군가 걸어 나온다. 저벅거리는 발걸음, 군복의 거구는 에스다.[2] 관객들이 환호와 박수를 보낸다. 에스의 지인들로 가득한 객석의 박수는 뜨겁고 길다. 그녀는 춤을 서서히 멈춘다. 에스가 태엽 풀린 인형처럼 멈춘 그녀를 작은 의자에 앉힌다. 에스의 입술에 내맡긴 그녀의 입 주변은 붉은 립스틱 범벅이 된다. 격정적인 입맞춤이 계속된다. 그녀의 목은 에스의 이빨이 박힌 채 나일론 끈으로 묶여 있다. 그녀는 심장에서 뜨거운 피가 쏟아져 내리는 느낌을 받는다. 에스가 나일론 끈을 잡아당기며 그녀의 몸을 칭칭 감아 결박하기 시작한다.

에스는 그녀의 하얗고 긴 목에 함부로 이빨을 들이댄다. 흡혈귀 같다. 붉은 끈은 흡혈귀의 입에서 계속 흘러나오고, 그것들이 그녀를 빈틈없이 묶어, 피로 물든 시체처럼 보인다. 조명에 비친 그녀의 얼굴이 지나치게 창백하다. 그녀의 몸은 축 처져있다. 관

---

2) 퍼포먼스아티스트 김광철의 작품 'Tears of Political(정치의 눈물)'에서 장면의 일부분 차용.

객 중 몇은, 혹시 그녀가 정말 죽은 건 아닌가 생각한다. 에스에게 몸을 내맡긴 채, 그녀는 숨 막히는 고통 속에서 소름과 동시에 짜릿함을 맛본다. 그녀의 하체가 에스의 가랑이 사이에 꼼짝없이 갇힌다. 그녀는 와인에 취한 듯 몽롱해진다.

음악이 흘러나온다. 무대 한쪽에 자리한 피아노 앞, 검은색 머플러를 두른 연주자가 차이코프스키의 〈뱃노래〉를 연주한다. 뱃노래는 바다 위의 작은 배가 순탄한 항해를 하도록 이끌 것이다. 바람에 그녀의 머릿결이 흩날린다. 눈을 감고 있는 그녀는 가련해 보인다. 관객들은 비로소 피 묻은 드레스를 본다. 가슴을 본다. 심장에서 붉은 피가 끝없이 흘러나온다. 그녀의 심장을 압박한 붉은 끈을 풀어내고 있는 에스는 죽음의 신 자칼처럼 무표정하면서도 잔인하다. 사지를 늘어뜨린 그녀는 황홀경에 빠진 듯 보이지만 한편으로 측은하게도 느껴진다. 경쾌한 뱃노래가 아이러니하게도, 우울하고 비감 어린 선율로 들린다. 케이가 흥얼거리던 차이코프스키의 뱃노래. 반듯하게 누운 시체, 누런 삼베로 온몸을 꽁꽁 감싼 케이가 허공으로 떠오른다. 숨이 순간적으로 멎는다. 그녀의 입이 공포로 크게 벌어진다. 가위눌린 듯, 목소리는 나오지 않는다. 그녀는 번쩍, 정신을 차리며 눈을 뜬다. 눈앞에는 에스가 의미심장하게 웃고 있다. 에스는 그녀의 몸에 지나치게 밀착되어 있다. 에스의 의도를 알아챈 그녀는 그제야 안심한다. 붉은 끈이 무대 바닥에 모두 풀어진다. 그녀의 긴 머리카락은 흐트러져 얼굴 전체를 덮었고, 늘어진 사지는 죽은 새의 것처럼 안타깝다. 폭력성을 띤, 드라큘라 이빨의 에스가 다시 한번, 그녀의 긴 목에 이빨을 박는다. 에스는 혓바닥으로 그녀의 맨살을 천천히 훑는다. 그녀는 바르르, 전율한다. 생은 이런 것이다. 생생하고 강렬한 느낌이다. 짐승 같은 열기가 후끈, 지나가면서 정신을 겨우 수습한 그녀는 에스의 어깨에 기대어 천천히 일어난다. 잠시 정신을 잃은 찰나, 에스의 시니컬한 표정을 온전히 읽을 수 없었다. 다만 생생한 날것의 운명을 느꼈을 뿐. 케이와의 결혼 생활은, 혼란했던 기억들은, 불안했던 시간은 사라지고 없다. 관객들은 군복 입은 에스의 디테일한 흡혈에 열광했고, 그녀는 무력한 오브제로 훌륭했다.

그녀는 에스와 무대에 나란히 선다. 박수가 우렁차게 쏟아진다. 그녀는 박수 소리에 귀를 온전히 맡긴다. 온몸에 돋는, 짜릿한 희열을 맛본다. 관객들이 질문을 던진다. 손을 들며 자리에서 일어난 질문자는 자신을 대학생이라 소개한다.

—흡혈은 광기의 사랑 같은데요. 한때 흡혈귀 영화가 유행이었는데 좀 진부하다… 생각이 들어요. 너무 흔한 소재 아닌가요?

에스는 얼굴의 땀을 손수건으로 닦은 다음, 미소를 짓는다.

—이 무대는 예술계 이야깁니다. 국가권력과 예술가들의 관계죠. 더 확대한다면 현대 자본주의 사회의, 모든 갑과 을 관계를 좀 더 직접적이면서 과장되게 표현했는데…. 하지만 충분하지는 않았나 봅니다. 하하.

관객들이 손을 들어 질문을 더 청하려 했지만, 에스의 시인들과 신문기자의 카메라 셔터 소리가 계속되는 바람에 산만하다.

—1부에서 책을 짓밟고 과일을 으깬 의도는 무엇이죠? 그게 케이 소설가의 헌정 무대와 매치가 잘 안되는 것 같은데요. 꼭 그렇게 표현한 이유가 어디 있나요? 궁금합니다.

다른 질문자가 손을 들어 큰 소리로 묻는다. 관객은 어두운 객석에 있고 그녀는 환한 조명 아래 있다. 질문자가 누군지는 알 수 없다. 관객들은 그녀의 당황한 표정을 전부 읽어낼 것이다. 그녀는 떨림을 숨기며 침착하게 대답한다.

—무언극의 의도는 사실, 소설과 그다지… 관련성은 없어요. 단지 제 행위의 표현력에 중점을 두었고… 상징적이기도 합니다. 그 상징을 말로 설명한다면… 무언극의 재미는 반감될 것입니다. 그래서 제 행위의 해석은 관객들 각자 여러분께 맡기겠습니다.

그녀는 더듬거리지만 침착하게 말을 마친다. 잔뜩 긴장했지만, 미소를 잃지 않는다. 뜨거운 조명 아래, 땀 흘린 얼굴은 윤기 있어 오히려 유혹적으로 보인다. 그녀의 등에서는 식은땀이 솟는다. 에스는 무대로 나온 지인들에 휩싸인다. 에스의 지인이 그녀에게 장미 꽃다발을 안겨 준다. 방송사와 신문사 기자가 에스와 인터뷰를 시작한다.

그녀는 혼자 대기실로 들어서다 발을 헛디딘다. 하마터면 넘어질 뻔한 그녀는 중심을 겨우 잡는다. 대기실에는 소품들과 쓰레기 봉지, 과일 껍질들이 어지러이 널려있다. 화장을 지우던 그녀는 거울 속의 얼굴이 낯설어 우울해진다. 흐린 불빛과 불쾌한 냄새가 싫어 무대 쪽을 흘낏, 내다보았을 때, 어떤 여자의 뒷모습이 보인다. 베란다의 식물같이 바깥 생활을 하지 않는다는 에스의 아내가 에스 곁에서 환하게 웃고 있다.

3부

그녀와 에스의 농밀했던 관계에 험악한 틈이 생겨난다. 에스의 주변에 어리고 예쁜 여자들이 많아 그녀의 의심과 질투는 극에 달한다. 둘은 날카롭게 충돌하고 서로를 증오하면서 소설 〈중독〉의 결말처럼 '그녀는 욕망의 잿너미 속에 홀로 남겨졌다.'

그녀는 무대 위에서 케이의 시체를 본다. 반듯이 누운 채 공중에 뜬 케이의 시신이 바위처럼 그녀의 몸을 향해 떨어진다. 아악! 그녀는 공포에 떨면서 발딱 일어선다. 에스가 험상궂은 얼굴로 변한다. 갑자기, 왜 그래. 미쳤어? 에스의 낮은 목소리는 객석까지 들리지 않는다. 케이의 환상으로 미칠 듯 두려워진 그녀가 급기야 무릎을 구부린 채 그녀를 들여다보고 있던, 에스의 목을 갑자기 물어뜯는다. 당황한 에스가 급히 목을 돌렸지만 이미 에스의 목에는 상처가 나고 붉은 피가 흐른다. 즉흥성이 강한, 무언극의 반전으로 이해한 관객들은 열광하고 박수가 쏟아져 나온다.

그녀가 에스를 향해 달리는 욕망은 흡혈이다. 에스는 점점 그녀를 멀리한다. 그녀의 불안과 애증은 계속된다. 무언가에 놀란 사람처럼 간간이 이상한 행동을 했지만 '소설가 케이를 위한 헌정극'은 지방 순회공연으로 이어진다.

그들의 삶은 계속된다. 케이의 책은 매표소 입구에 쌓이고 무언극은 연장공연에 들어간다. 관객들은 좀 더 강렬하고 자극적인 표현을 원한다. 무대가 끝나기도 전에 관객들은 페이지가 찢긴 〈중독〉을 구하려고 대기실 바깥에서 그녀를 기다린다.

그녀는 〈중독〉을 짓밟으며 무대 위에서 빛난다. 신체의 굴곡이 드러나는 과감한 의상을 선택하면서 보다 파격적인 연기를 시도한다. 매회 무대 위에서 그녀는 에스를 다양한 부위별로 힘껏 물어뜯는다. 그때마다 에스는 신음을 내지른다. 고통과 쾌락을 오가는 에스의 야릇하게 일그러진 표정이 관객을 열광시킨다. 예상하지 못했던 기발한 반전이다. 그녀는 침착한 동작으로 에스의 목에 흐르는 피를 젖은 혀로 부드럽게 천천히 핥는다. 객석에서, 기립 박수가 터져 나온다.

오후 세 시의 1502호. 햇빛이 벽을 타고 내려와 그림 속을 맹렬히 파고든다. 보이지 않는 틈새에서, 〈행간〉이 붉게 타오르기 시작한다.

단편소설 「약」이라는 제목을 처음 접했을 때, 무슨 내용일까 생각했다. 어영부영 시간이 흘렀고 숱한 책을 쌓아두고도 도무지 읽고 싶지 않은 어느 오후에 소설의 첫 페이지를 펼쳤으나 집중이 되지 않았다. 지루한 시간이 흐르는 침대 위를 쳐다보았다. 요즘 들어, 읽고 싶지는 않으나 꼭 읽어야만 할 책이 가득 쌓인 방은 『흐트러진 침대』[1]로 변했다. 이리저리 구석에 처박힌 책들과 읽다 둔 책들이 제멋대로 엎드려 있는 바닥은 더욱 어지러웠다. 지난날 내 은신처였던, 어느 한 시절을 충만하게 채웠던 시

---

1) 프랑스의 소설가 '프랑스와즈 사강'의 장편소설.

간은 어디로 사라졌을까. 느리고 게으르게 뒹굴며 독서에 몰두했던 시절이 있었다. 읽고 싶은 욕구 때문에 불면의 밤을 보내고 해 뜨는 아침에야 평화로운 일상을 찾았을 때, 소설책은 몽상가의 약이었다.

책, 소설은 내게 약이다. 「약」은 1957년 우즈베키스탄 타슈겐트에서 태어난 '알리세르 파이줄리에브'의 것이다. **'레오나르드 튜는 평생 읽은 것들이 짐이 되어 마음이 무거웠다.'**[2] 나는 첫 문장에 깜짝 놀랐다. 중얼중얼…, 읽으려다 마음을 고쳐먹었다. 하늘 아래 새로운 것은 없으니 베껴 써보자, 모방. 나는 읽고 싶은 소설을 제대로 읽지 못해 마음이 무겁고 또 무거웠다, 이것이 나의 평생 짐이다, 라는 문장을 노트에 끼적였다. **'그런데 갑자기 어떤 책을 보고는 강한 충격을 받았다.'** 이 문장 지금, 내 상황과 똑같아. **강한 충격** 때문에 소설을 덮고 짜증을 내면서 텔레비전을 켰다. 책을 왜 읽을까, 왜 소설을 읽어야만 사는 것 같으냐, 웅얼거리면서 채널을 이리저리 돌렸다. 드라마 인간실격, 12회 재방이 시작되고 있었다. 이제, 전원을 끌 수는 없다. '인간실격'이지만 소설 『인간실격』[3]을 리메이크한 작품은 아니다. 여주인공 전도연 때문에 관심이 갔으나, 점점 류준열에게 꽂혔다.

요즘 대세인, 못생겼으나 매력적인 남자. 가슴 속으로 시냇물이 흘러가는 소리를 들을 수 있다는 그의 대사에 내 가슴 속으로 시냇물이 흘러간다. 조용한 시냇물은 때로 강물이 되고, 가끔은 바다가 되고, 한밤중에는 거센 파도처럼 미친 듯이 날뛰다가 제풀에 사그라들곤 한다. 종종, 거의 병적이다. 일상적인 인간실격, 소설가로 겨우 이름은 얻었으나 제대로 쓰지 못하니 소설가실격! 그동안, 대책 없이 책을 먹어 치우는 동안, 쓰지 못하는 병은 더욱 깊어졌다. 역류성식도염 비슷한 소화불량이 시작되었고, 동시에 사물과 인간에 대한 망각이 시작되었다. 순간적인 기억 상실로 인해 시야가 흐려지고 감각이 떨어지기도 했다.

다시 「약」을 읽자마자, 누군가가 나를 부르는 목소리를 듣지 못했다. 한두 번이 아니었다. 물론, 가족인 그가 누군지 모르겠다는 표현은 지나치다. 나는 그의 불만스러운 표정을 피해 숨을 고르고 사과한 후, 거실에서 도망쳤다. 이때, 책은 약이 아니라 일상인의 방해꾼에 지나지 않는다.

책의 방에서 누워있다가 무언가 떠올라 책장을 뒤져 『필경사

---

2) 소설 속 굵은 서체는 '알리세르 파이줄리에브'의 단편소설을 인용한 것임.
3) 일본의 소설가 '다자이 오사무' 원작.

바틀비』[4]를 찾아냈다. 책의 서두, '나는 초로에 접어들었다.'는 문장을 베낀다. 그다음, 초로에 접어든 나는 자다가 일어나서 책장을 뒤집는다, 는 문장을 쓴 후, 발딱 일어나 실제로 책장을 헤집기 시작했다. 나는 주기적으로 책을 사고, 또 산다. 잉크 냄새가 가시지 않는 신간을 사서 냄새를 맡아보고 그대로 책장에 꽂아놓고 희희낙락하다가 금세 망각한다. 꽂아두고서, 어니에 두었는지 알 수 없어 헤매다가 똑같은 책을 다시 사기도 한다. 물론 냄새만 맡고 책장 속에 장식품으로 꽂아놓는다. 의기양양, 기세등등하게 꽂아두면 책꽂이에서 그 순간, 책이 향기로운 광채를 발한다. 매우 기분이 좋다. 며칠 전, 책장 속에서 시체가 된 책을 모조리 빼내어 관 속에 집어넣었다. 책들을 노끈으로 묶어 종이박스에 집어넣었다는 뜻. 읽지 않는 책은 재활용 쓰레기장으로 보내야 한다, 고 생각했으나 곧 당황했다. 쓰레기로 버려야 할 책은 없으니까. 몹시 피곤해졌다. 읽히지 않는 책에 눈을 두면서 머릿속으로는 앞으로 써야 할 소설을 구상하다가 자책한다. 빌어먹을, 쓸모없는, 태워버리고 싶은 욕망은 쇠심줄이나 고래심줄처럼 질겨서 쉽게 끊어지지 않는다. 고래심줄은 직접 본

---

4) 미국의 소설가 '허먼 멜빌'의 소설.

적이 없으니 정확하고 구체적인 비유를 쓰겠다. 쇠심줄을 표현으로 선택한다. 나는 소설을 쓰고 싶은 욕망을 냄비에 넣고 물을 부어 팔팔 끓이기로 했다. 불에 뭉근하게 오래 끓인다. 잘 우러난 뽀얀 국물을 안주 삼아 소주를 한 잔 할까.

밤이 깊어가고 새벽이 오고 있었다. 단편 「약」을 읽은 덕분에 소설 쓰기의 욕망이 스멀스멀 일어나고 있었다. 나는 쓰는 힘을 얻기 위해, 「약」의 주인공 '튜'의 인생을 읽는다.

'튜의 독서 습관은 문학알약과 캡슐, 물약, 그밖에 다양한 약들이 나왔을 때 근본적으로 바뀌었다. 그때부터 튜는 밤낮을 가리지 않고, 심지어 직장에서 말 그대로 문학작품을 먹기 시작했다.'

조금 젊었을 당시, 책 때문에 사업을 망친 일이 있다. '튜'의 말 그대로 독서 습관 때문이다. 꽃집을 운영하던 때였다. 신부 부케를 만들어두고, 책을 읽다가 예식이 시작되어서야 겨우 배달해주었다. 그날 결혼식은 어떻게 됐을까. 결론을 말하자면 신부 측의 거센 항의로 뺨을 얻어맞을 뻔했다. 죽지 않을 만큼의 망신을 당한 일은 감지덕지다. 손해배상으로 부케값을 받지 못했다. 그 후, 어느 귀여운 예비신부가 백장미 부케를 예약 주문했다. 정성껏 만들었으나 결국 누렇게 변색이 되었고, 꽃잎이 말라 거뭇거뭇해질 때까지 아무 연락이 없었다. 예비신부는 결혼식을 올리지 못했을까. 부케를 쓰레기통에 버리고, 귀여운 신부의 연락처를 지웠다. 어느 날 꽃꽂이 주문을 받았으나 새로 산 책을 읽느라 밤을 새운 탓에 아침에 일어나지 못했다. 꽃을 파는 여자, 라는 사실을 완전히 망각했다. 생각 끝에 꽃집을 때려치웠다. 할 수 없이 이력서를 제출하고 면접을 무사히 통과한 후, 취직했다. 친척의 빽으로 단번에 승진할 뻔했으나 걸핏하면 상사와 마찰을 일으켰고, 상사의 말을 귓등으로 넘기거나 불복했다. 소설 『필경사 바틀비』[5]를 읽기 전이었는데, 나도 그냥 아무 것도 '안 하는 편을 택하겠습니다' 였다. '바틀비'와는 전혀 다른 맥락에서, 출근을 하긴 했으나 아무 것도 하기 싫었다. 읽고 싶은 책을 당장 읽지 못하면 몸이 아팠다. 나는 끝내 '아무 것도 안 하는 편'을 택했다가 쓰러져 응급실로 실려 갔다. 영양실조였다. 결국 오래 근무하지 못하고 사직서를 제출했다. 문학, 이 병에는 정말 약도 없다. 그럼에도 불구하고, 약이 없는 병의 「약」을 읽는다. 소설 쓰는 남자 '알리세르 파이줄리에브'의 서술은 독특하다.

---

5) 미국의 소설가 '허먼 멜빌'의 소설.

그는 약의 레시피는 물론, 약의 원료를 아주 상세하게, 제조원의 이름까지 제공하고 있다. 벼랑에서 추락할 듯 말 듯 아슬아슬한 일상을 겨우 지탱하고 있는, 무위를 온몸으로 실천하고 있는 내게, 책을 집중해 읽었던 젊은 날을 떠올리게 한다.

소설의 주인공 '튜'는 병을 치료하기 위해 벨기에의 휴양도시 크노케의 해변으로 떠난다. 부러운 일이다. 나는 해변으로 떠나지도 못한다. 떠나지 못하는 것이 나의 오랜 습관이다. 어느 날, 친구가 포항 바다를 보고 오자고 할 때, 대답하지 않았다. 그날, 영화를 보기로 약속을 했기 때문이었다. 선약을 중요시하던 나의 선택이다. 조지아 영화제의 상영작 『스캐어리 마더』, 조지아와 에스토니아의 공동제작이다. 중년의 가정주부 '마나나'가 가족들의 반대에도 불구하고, 집을 탈출해 끝끝내 소설을 써내는 과정을 본다. 일상과 소설 사이에서 고통받고 갈등하는, 소설 쓰는 여자의 곪은 종기 같은 삶을 읽었다. 그날 함께 영화를 본 몇 사람들은 소설가들이었다. 그들과 함께 밥을 먹고, 맥주 한 잔을 마시면서 포항으로 떠나지 못했던 것을 잠깐 후회하기도 했다. 나도 이제는 일상을 떠나고 싶다. 바다가 보이는 테라스에 앉아 향기로운 커피를 마시면서 혼자서 책을 읽고 싶다, 는 낭만적 허영심을 충족하고 싶다. 물론 생활밀착형 소설가의 24시간은 먼 바닷속에 풍덩, 던져버려야만 할 것이다.

  '문학약품은 작품의 내용에 따라 다양한 색을 띠고 있었다. 예를 들면 정부의 표준공시에 의거해 에로틱한 내용의 문학약품은 반드시 연보라색을 띠어야 했다.' 현재까지 내가 애호하는 문학작품의 내용에 따라, 내가 쓴 소실 또한 시나치게 신지해서 연보라색이거나 핑크빛 로맨스가 없다. 친한 동료 소설가가 전해준 바에 의하면, 자기들끼리 뒷담화를 했다고 한다. 너무 현학적이어서 밥맛 없는 작가. 소설은 일단 재미가 있어야 하는데 저토록 심각하고 지루한 글을 어찌 읽는다는 것이냐. 소설에도 유머가 필요한데, 그걸 모른다는 것이야, 라고 했다는 것이다. 언젠가 에로틱한 소설에 대한 열망이 생겨나기 시작했다. 나이가 들어서야 선배 소설가가 추천한 '에리카 종'[6]의 소설을 읽어보려고 했다. 내용과 사유가 나와는 무관한 서사였다. 문장 또한 성적 표현이 과도하다는 생각이 들었다. 최근에 친구가 『롤리타』[7]를 읽었냐고 물었다. 나는 그런 소설과는 멀어. '그런 소설'은 뭘까.

---

6) 미국의 페미니즘 소설가.
7) 러시아 출신의 미국 소설가 '블라디미르 나보코프'의 장편소설.

고백하자면, 나는 『롤리타』를 읽지 않고 책장에는 꽂아두었다. 당당히, 꽂혀 있다가 어디론가 사라져 보이지 않는다. 그래도 상관하지 않는다. 내 관심은 전혀 다른 곳에 있다.

음악하는 친구가 말했다. "내가 잘 팔리는 소설을 제안할게. 소설은 말이지. 대중의 요구에 따라 써야지. 팔리는 소설. 책 홍보는 내가 맡아줄게." 방송국 피디로 근무했다가 지금은 백수로 사는 인간이다. 노는 것도 아니고, 놀지 않는 것도 아닌 돈 많은 그 친구가 적극적으로 권했다. 그러면서 더 한마디 보탰다. "대중이 읽지도 않는 소설에 아직도 매달려 사는 건, 딱한 일이야." 나는 친구의 말에 귀를 기울이다가 잠시 생각했다. 1) 탁월하다고 정평이 난 소설가의 작품을 선정한다. 2) 소설 속 문장을 내 문학 위장胃腸 속으로 집어넣었다가 잘 버무린다. 3) 소화불량이 되지 않게 먹고, 열심히 모방하다 보면 마침내 쓸 수 있다. 이 세 가지를 준수한다면 소설을 잘 쓸 수 있을 것인가. 그들의 문장이, 그들의 사유가 내 몸속 혈관을 타고 흐르면서 피와 살이 될까. 내 것이 될까. 천만의 말씀이다. 하지만 그들의 문학이 내 욕망의 욕망, 문학의 허세 병을 고치는 '약'이 될 수는 있다. 여하튼, 글쓰기의 시간은 멀리 달아나 버렸다. 이제 소설의 서사도, 플롯도 만들지 않는 지경에 이르렀다. 아쉬운 일 한 가지가 있다. 소설책은 아무리 먹어도 내장의 오장육부 중에서 하나를 더 보태 칠부, 즉 소설부가 되지 않는 것을 깨달아야 한다. 더 안타까운 건, 내 기억 속에는 그 어떤 소설책의, 그 어떤 문장도 남아 있지 않았다는 것. 나는 망각의 차원에 들어섰을까. 감상이 깊어지는 쓸쓸한 가을. 나는 혼자 들뜨곤 하는, 미숙하기 짝이 없는 시정을 헤멘다. "드라마 「도깨비」의 작가는 돈방석에 올랐어." 음악을 전공했지만 음악을 듣고 싶지 않은, 드라마를 좋아하는 그와 나는 삶의 길이 다르다. 그와 함께, 나이를 먹을 만큼 먹은 나는 대답했다. "술이나 먹자." 나는 한껏 여유를 부리며 그의 술잔에 맥주를 따랐다. "이 컬러염색약 봤어?" 느닷없는 염색약 타령이다. 내가 고개를 저었다. "세상 좋아진 줄도 모르면서 무슨 소설가냐. 이거 새로 나온 건데, 머리에 바르고 오 분이면 끝나." 그의 표정이 너무 진지해서 무시할 수 없었다. "그거 캡처해서 카톡으로 보내줘." 그가 내 앞에서 카톡으로 컬러염색약 광고를 친절하게 보내주었다. 세상에 병이란 병에는 다 약이 있고, 머리카락 노화에도 약이 있는데, 이 문학 병에는 왜, 제대로 된 약이 없는 걸까.

'튜는 특히 다양한 약들을 동시에 복용함으로써 상이한 문체와 장르, 플롯, 작가, 이념, 성격들이 혼합되는 효과를 내는 실험적 작품들을 좋아했다.' 이 문장을 인용하면서, 꽤 오래 눈을 맞추고 글자를 노려보았다. 나도 실험적인 작품을 좋아하고, 그 작품 속 독특한 문체와 스타일을 좋아하며 작가의 장기가 돋보이는 꼭 필요한, 감각적인 묘사에 매혹된다. 오호, 이건 내가 써야 할 글이다… 진즉 써야만 했던 소설이다.

나는 시공을 넘나드는 플롯을 짜고, 등장인물들의 이념과 성격이 치열하게 대립하는, 서사성이 강한 역사소설을 시도해보았다. 사료와 소설을 잔뜩 쌓아두고 읽으면서 죽어라, 열심히 썼으나 공모전에 보내면 매번 낙방했다. 공은 들였으나 작품성을 획득하지 못한 소설은 문서파쇄기 속으로 들어가 가루처럼 분쇄되었을 것이다. 생각 끝에 삼백여 권의 역사 자료와 대하소설을 버리려고 현관 입구에 쌓아두었다가 끝내 버리지 못하고, 어깨를 축 늘어뜨리면서 다시 방안으로 집어넣었다. 그것들을 묶어 침대 밑으로 보이지 않게 넣어두고, 밤새 끙끙 마음을 앓으면서 결론을 냈다. 병이 더 깊어지기 전에 방구석에 처박혀 약을 먹듯, 역사소설을 즐기면 되는 것. 그것이 자가격리성 치료라는 것이다. 치료에 효능이 탁월한 약은 역시 책을 읽는 일이다. 다행히 삼백여 권 책들은 시체실로 가지 않고 겨우 살아남았다. 『침대 밑 악어』[8]가 된 책. 방이 좁아도 이사 가지 말고, 악어가 된 '약'을 숨기면 된다. 지금 침대 밑에는 삼백 마리의 파충류, 악어 책들이 아가리를 닫은 채 잠들어 있다. 나는 후일을 기약할 역사소설 '약'의 원료를 건진 셈이다. 그들이 눈을 뜨고 거대한 대가리를 쳐들고 입을 쩍, 벌리는 날이 올 수 있을까. 악어들이 깨어날 수 있을까.

'그의 몸은 자주 탈이 났다. 피부에 붉은 반점이 생기거나 창백해지고, 발진이 돋는가 하면 때로 속이 메슥거리거나 토악질이 나왔다.' 이건, 내 경우다. 나도 위 문장과 비슷한 경우를 겪으며 신체 증상에 대해 숱하게 썼다. 소설 「약」을 읽기 이전의 일이었다. 이토록 똑같을 수 있나. 정말 환장할 지경이었다. 알리세르 파이줄리에브, 그가 먼저 썼으니 이젠 내 고유한 문장이 아니다.

절망 끝에, 소설을 낙서 갈기듯 써 내려가다 설사 뒤처리하듯 황급하게 출력, 읽다가 찢어 버리면서 다급하게 노란 알약을 꺼냈다. 알약의 원료는 노루궁뎅이버섯, 기억력 증진에 좋은 약. 글을 쓰다가 문장과 문장이 연결되지 않을 때는 소설의 길을 잃어버려 앞이 보이지 않는다. 도무지 말이 되지 않는 문장이 제멋대로 횡설수설 길 위에서 출렁거리는 찰나, 꼭 필요한 단어가 기억나지 않는다. 이젠 정말 어떡하지? 나는 노란 알약을 한참 째려보았다. 물을 마시고, 알약을 두 개 입에 털어 넣었다. 서사를 이끌어 갈 문장, 주제를 드러내는 딱 한 줄의 촌철살인 같은 문장, 플로베르 선생의 '일물일어─物─語'[9], 그것은 무엇인가. 나는 비장하게, 절실하게 중얼거린다. 속이 메슥거리면서 속엣것이 치밀어 올라오기 시작했다. 화장실로 달려가 변기에 대고 몸을 잔뜩 구부린 채 토악질을 오래오래 했다.

현재 공간은 책으로 난장판이 된 방, 가족조차 없이 책과의 동침, 책과 생활할 뿐이다. 하지만 실제 독서생활은 여의치 않다. 매우 더디다. 나는 속독을 배우지 않았다. 진실을 말하자면 책보다는 영화, 책보다는 음악, 핸드폰과 논다. 순간적인 탈출이다. 그럼에도 책은 내 머리맡에 쌓여 있고 독서를 일상에서 가장 우위에 놓고 있다. 문학은 나의 약물, 습관성 마약, 알코올 의존성 같은 중독이다. **'그의 몸은 항상 새롭고 더 독한 약물을 원했**

---

8) 스페인 작가 '마리아순 란다'의 소설.
9) 귀스타브 플로베르 : '하나의 사물을 나타내는 데는 하나의 단어밖에 적합한 게 없다'.

고 가정생활은 파탄이 나고 말았다. (⋯) 튜는 더욱 더 약물에 도취되어 현실 관계를 상실하였다. 소설 속 '튜'와 별로 다를 바 없이, 책으로 인한 현실 관계를 상실하게 될 즈음, 소설 속 인물, 예를 들면 타자의 욕망을 욕망하는 『보봐리 부인』[10]의 경우가 되지 않기 위해, 비교적 나의 경험과 유사한 소설을 선택해서 읽었다.

『맨스필드 파크』[11]의 여주인공에게 공감했으나 문장이 너무 지루했다. 『늦어도 11월에는』[12]의 주인공을 떠올렸다. 나도 죽음의 지경에 이를 뻔했다. 꽤 매력적인, '늦어도 11월에는' 주인공 비슷한 그 남자와 썸을 타다가, 애간장을 태우며, 결정적인 선택의 기로에서 감정 대신 이성적인 판단을 한 후, 한숨을 내쉬며 헤어졌다. 목숨을 거는 연애, 인생 스토리는 경험할 수 없었고, 덕분에 가정생활은 파탄 지경에 이르지 않았다. 가슴을 설레게 하는 효능이 없는, 진부하기 짝이 없는 책과 같은 나는 절망한다. 나의 약물, 더욱 새롭고 독한 약, 머리를 꽝! 내리치는 책은 어디에 있는가.

책을 손에서 떼어놓고서 드라마에 빠져들었다. 「인간실격」[13]을 보면서 주인공의 상황에 나를 대입시켰다. 실패, 또 실패. 죽고 싶은 그녀처럼 나도, 한때는 작가로 성공할 수 있을 거라는 생각을 했다. 아무리 노력해도 일이 되지 않는, 이상한 상황에 놓인 것도 어쩌면 저리 비슷할까. 열심히 살아보려고 했지만 결국 아무것도 이룰 수 없는 인생. 자본의 피라미드 속에서 불평등의 문제를 고민하고 작품으로 재생산하는 작가들의, '아무 것'을 창조해내는 현대적 감각이 신기하다. 아아, 내 문제는 무엇일까. 책을 꺼내 『인간실격』[14]의 문장을 베낀다. 마음에 닿는 한 문장에 대해 깊이 생각하면서, 천재 작가의 문장을 공들여 쓴다. 각설하고, 미리 고백하고 베끼는 건 표절이 아님. 만약의 경우, 언제 어느 때 표절로 시비가 생길지 모를 가능성에 대비해, 정직한 인용부호를 표시하고 마지막으로 주석을 달았다.

핸드폰으로 같은 문자가 두 통이나 왔다. 국가를 대신하는 예술인단체에서 보냈다. 펜데믹시대와 코비드19에 관한 작품을 써보라는 것이다. 친절하게도, 원고지 한 장의 기본료보다 두 배

---

10) 프랑스의 소설가 '귀스타브 플로베르'의 장편소설.
11) 영국의 소설가 '제인 오스틴'의 장편소설.
12) 독일의 소설가 '한스 에리히 노삭'의 장편소설.
13) 「인간실격」 : 2021 방영, 주말드라마.
14) 일본의 소설가 '다자이 오사무'의 장편소설.

를 더 주겠다는 것이다. 십 년 전이나 이십 년 전이나 다를 바 없
는, 열악한 문예지보다 월등하게 낫다. 자료를 읽어내려갔다. 요
지는, 감염병의 시대를 살고 있으면 감염병에 관한 작품을 써야
지, 그것이 사회적인 작가 아니겠냐는 뜻이다. 이제 펜데믹 상
황을 써야 해. 이 시대를 쓰지 않으면 진정한 작가라고 할 수 없
지. 돈도 벌고, 공통의 주제로 창작을 하면서 어려운 시대를 헤
쳐나가야지. 바이러스가 인간을 위협하는 감염병의 시대에서 어
떻게 살아야 하는가. 작가정신은 무엇인가, 자격을 묻겠다, 이런
의미다. 언제부터인가 국가가 예술가들의 자격증을 발급하고 등
급을 매겼다. 부자 되세요! 가 가난한 서민들의 마음을 안정시켰
던, 구치소가 집이 된 대통령이 집권했을 당시부터였을까. 국가
가 공인하는 작가가 아니면 마그네틱 카드로 된 증명서 발급을
받을 수 없었다. 매년 책을 출판하거나 작품을 발표하지 않으면
작가가 아니라는 것이다. 은둔자처럼 방구석에 틀어박혀 죽을
둥 살 둥 인간의 본질과 심리를 파헤치는 이름 없는 작가는 정부
의 정책과 상관이 없었다. 국가의 예술인단체가 인정하는 작가
가 되어야만 자본의 친절한 간섭 아래 각종 지원금을 받는다. 위
대한 자본주의 만세. 작가는 출판비와 원고료와 각종 복지 혜택
을 약속받기 위해, 소설의 시놉시스를 써서 보고서를 제출했다.

그 시절 자본의 거미줄에 걸린 가난한 곤충이 된 나는 타란튤라 같은 맹독의 국가에게 신상품 프로젝트를 제출하기 위해, 결론적으로는 돈을 벌기 위해, 활동 실적을 프로필에 남겨야 했기 때문에 '소설 쓰는 시간'을 착취당하기도 했다. 작가증명서와 창작의 시간은 같은 무게와 함량을 지닌다는 것이다. 나는 별수 없이, 조직에 들어가 프로젝트의 일원으로 사업을 수행했다. 자본이 제공한 자격증을 사수하려는 내게는 머리에 열꽃을 피워내면서, 고통과 희열을 오가면서, 순수의 피를 흘리며, 정작 쓰고자 했던 소설을 창작할 수 있는 시간을 낼 수 없었다.

작가란 무엇인가. 사회성을 잃지 않아야 한다. 동시대 난다긴다하는 작가들의 작품이 나를 설레게 하기보다는 좌절시킨다. 독자 대중이 선호하는 그들은 매우 당당하며. 실력 플러스 운 좋은 문학상을 연거푸 받는다. 그게 억울하면 너도 출판부터 해라, 무조건. 내게 출판을 권유하는 선배 작가들의 말도 일리가 있다. 일리 있는 그 말이 내 가슴속을 후벼파지만, 나는 대신 귀이개를 꺼내 귓속을 후벼팠다. 귓전에서 앵앵거리는 벌떼 같은 말, 말, 말. 좀 더 새로운 시선, 탁월한 사유, 경계를 넘나드는 개성적인 스타일을 구축해야만 해. 미래의식을 강조하는 훈계도 귀담아들었다. 그들의 말씀, 모두 옳다.

발표하지 못하는 글을 꾸준히 쓸 수 있는 작가의 글쓰기는 개인적인 것 같지만 당연히 사회적이며 시대성을 띤다, 고 속엣말을 노트에 썼다.

여전히 희망이 없는 문학 병을 치유하기 위해, 순도 높은 '롤랑 바르트'[15]의 『사랑의 단상』을 읽기 시작한다. 문장 중의 탁월한 한 문장을 발견하자마자 낭독하며 곱씹기를 몇 번씩 하다가 아, 좋다! 감탄사를 지르면서 잠시 독서를 멈춘다. 나는 변하지 않고 한결같이, '약'에 미쳐 연필로 밑줄을 긋고 또 긋는다. 나만의 소설을 쓰기 위해, 내 취향에 맞게, 쓰고 싶은 열망을 느끼는 약은 결국엔 책뿐이다.

"율리시스 한 스푼이 가미된 에스프레소 한 잔 부탁해요." 그는 말끔하게 차려입은 카페 여종업원에게 서툰 프랑스어로 말했다. 어느 날, 소설 속 '튜'의 흉내를 내보기로 했다. 카페 종업원이 이상하게 생각할까 봐, 앞의 문장은 빼고 '에스프레소 한 잔이요.'라고 말했다. 실은, '제임스 조이스'말고, '마담 보봐리'가 가미된 카페라떼 한 잔이요, 하고 싶었다. 단편소설의 대가 '기드 모파상'이 즐겨 마셨다는 압생트, 그거 혹시 있어요? 라고 묻고 싶었으나 참았다. 카운터의 알바생이 황당한 표정으로 변할,

문학적인 주문을 혀 속으로 굴려 몰아넣고 에스프레소를 천천히 마셨다. 재미있다. 율리시스 한 스푼, 하하. **"혹시 프랑스 문학의 걸작을 담고 있는 음료가 있습니까? 예를 들면 아폴리네르 포도주나 보들레르 샴페인, 카뮈 코냑, 샤르트르 주, 사강 향수 같은 것은 있나요?"** 정말 기발한 상상력이네. 최근에 샴페인을 마셨다. 생일을 축하해준다는 친구와 함께 펑, 하고 터뜨렸다. 샴페인 잔의 기포가 환상적이었다. 이처럼 샴페인을 일 년에 한 번쯤은 선물해주는 친구가 있으니 '보들레르 샴페인'은 내게 문학적인 술이다. 노상 취해 있으라! 술에건, 시에건, 미덕에건, 당신 뜻대로⋯.[16] 아무리 마셔도 취하지 않고, 술의 향기를 끝까지 음미할 수 있는, 소믈리에의 재능이 있다는 것을 최근에야 발견했다. 소설 「약」을 읽은 이후, 작품 속의 술과 인물들의 심리를 블렌딩하면서 새로운 감성으로 마신다.

'끼안티 와인'을 사려고 대형마트 와인코너 매니저에게 물어보았다. 마르그리트 뒤라스의 끼안티 있을까요? 『모데라토 칸타

---

15) 프랑스의 철학자이며 비평가.
16) 프랑스 시인 '샤를 보들레르'의 시 「취하라」 중의 한 문장.

빌레』[17]에서 '안느 데바레데스'가 마신 술을 마셔보고 싶었다. 살인 사건이 일어난 부두 근처 카페에서 낯선 남자와 마주 앉아 잔을 만지작거리면서 싸구려 와인을 마시는 여자. 늙은 여주인의 매서운 눈초리를 의식하지 못하고, 밀회의 순간, 들뜨면서도 불안정한 감정을 숨기느라 어찌할 줄 모르던 안느. 나는 안느가 마셨을 법한 술을 음미하며 뒤라스의 감각적인 묘사에 매혹된다.

여태 배설하듯 지껄인 결과, 내 문학의 병통은 흉내내기였다. 다른 작가의 삶을 끝없이 모방하는 나는 왜 문학을 할까, 왜 소설을 쓰고 있을까. 밤이 깊어가도 잠들지 못한다. 책과의 동침으로 인한 불면은 즐기기 위한 것, 기억의 기억을 찾아서, 『잃어버린 시간을 찾아서』 1권을 꺼낸다. '오래전부터, 나는 일찍 잠자리에 들어왔다.'[18] 나는 심야에 '마르셀 프루스트'[19]가 마신 홍차에 마들렌 비슷한 쿠키를 찍어 먹는다. '일찍 잠자리에' 들지 못해 책을 읽으며 뒤척이기 시작한다. 읽어버린 기억을 찾아 글을 써보려 했지만, 밤과 아침의 틈새에서 생각은 굳어 있다, 소설의 한 문장도 쓰지 못한다. 바짝 정신을 차리면서 노트를 펼친다. 기억은 기록의 매 순간 살아있으므로, 일단 쓴다. 뭐든지 쓰고 다시 기억을 살려볼 것이다.

'튜는 발뒤꿈치로 『마하라바타』의 심오한 세계를 경험하고, 바다 위의 포말에서는 『천일야화』의 한 장면을 볼 수 있었다.' 나는 '튜'의 발뒤꿈치도 따라갈 수 없다. 『마하라바타』, 고대 인도의 대서사시. 전부 읽지는 못했으나 책장에 꽂혀 있는 세밀화 그림이 아름다운 책이다. 인도의 세밀화 전시회가 국립박물관에서 열렸을 때, 호기심 때문에 도록을 샀다. 그때 일이 떠올라 책장을 한참 뒤졌으나 보이지 않았다. 『천일야화』[20]도 마찬가지다. 전권을 모두 사서 모아두었으나 이십여 년 전의 일이 되었다. 지금쯤 어느 구석에서 먼지벌레가 대대손손 알을 까고 또 까고, 그 후손 알들이 먼지벌레로 증식되어, 책장을 보금자리 삼아, 책 속의 행간을 기어 다니고 있을 것이다. 『천일야화』의 '세헤라자데'[21] 음악이 떠오른다. '림스키 코르샤코프'[22] 세헤라자데! 유튜브를 뒤져 3악장을 듣는다. 젊은 왕자와 공주. 음악 속, 공주의 글쓰기는 사랑이 아닐까, 이야기를 만드는, 운명적 사랑에 빠진 세헤라

---

17) '마르그리트 뒤라스'의 소설.
18) 프랑스의 소설가 '마르셀 프루스트'의 장편소설 1권, 이창석 옮김.
19) 프랑스의 소설가.
20) 페르시아 지역의 민담집.
21) 『천일야화』를 바탕으로 한 관현악 모음곡.
22) 러시아의 작곡자이자 음악학자.

자데를 연상한다. 책을 찾으면서 음악을 듣는다. 아라비안 나이트, 책이 어디로 사라졌는지 보이지 않아 포기한다. 먼지벌레가 모두 갉아 먹어버렸는지 모를 일이다. 음악을 듣는다, 속 편하게, 귀를 열어둔다. '세헤라자데', 죽지 않기 위해 이야기를 매일 만드는 여자. 검게 빛나는 눈동자와 선이 아름다운 입술과 눈부신 몸매를 가졌을 것이나. 세헤라사데는 목숨을 잃지 않기 위해 천 일 동안 매일 끊임없이 이야기를 만들었다. 이야기를 만드는 밤, 고통의 밤은 어둠 속으로 녹아들고, 이야기가 완성되면 죽음의 공포는 사라진다. 불멸의 글쓰기, 나도 이야기를 만드는 사람이다. 하지만 점점 이야기를 만들지 않고, 아무 책도 읽고 싶지 않게 되었다. 현재는 멍 때리며 노는 인간, 쓰지 못하고 죽어가는 작가가 되었다.

'매일 수천 권의 새 책과 잡지가 쏟아져 나왔다. 그는 모든 책을 읽고 싶었지만 지금까지 출판되었던 것은 고사하고 새로 나온 책 중에서 극소수의 책을 소화하는 것도 힘들었다.' 알리세리 파이즐리에브, 그는 내가 일기에 끄적이던 문장을 소설로 써서 출판했다. 나는 극단적으로 책을 좋아하고, 아무리 지루해도 활자를 떠나보내지 않는다, 라는 이 문장은 내 것이다.

'도서관이나 책방에 갔을 때 매번 모든 것을 읽을 수 없다는

현실 때문에 참담함을 느꼈던 적이 많았다.' '튜'처럼, 나의 참담함은… 새로운 것을 쓸 수 없다는 것이고, 도서관에 갔을 때, 읽지 못한 책이 너무 많다는 것이다. 서점에 갔을 때, 쏟아져나오는 신간을 살 수 있는 돈이 없고, 두세 권을 사서 돌아오지만 결국 읽지 못하고 일상에 쫓겨 공허한 채 살고 있다는 것이다. 요새 근심이 한 가지가 더 늘어났다. 밝은 불빛 아래서 책을 오랫동안 들여다볼 수 없다. 책을 깊이 사랑하는 자의 노안老眼! 그것이 참담하다.

코로나19 상황이 길어져 줌 강의가 연장되고 있다. 일반 청중 대신 박사 출신이 다수인 강의 참석자들에게, 매 순간 자신의 경력과 돈을 벌어들이는 글쓰기를 깨알같이 강조하는 강사는 눈동자에 지나치게 힘이 들어가 있었다. "타인의 지갑을 열어야 해요. 그게 스토리텔링의 원래 목적이죠. 이게 지방자치제의 장점이고요. 작가들이 돈을 벌 수 있는, 오늘의 현실이라는 겁니다. 일부 시인이나 소설가들이 스토리텔링에 뛰어드는데 이 분야가 다른 장르보다 우월한 점은…." 강사가 말했다. 꽃무늬 머리띠를 한, 관광개발공사의 홍보직원 같은, 자칭타칭 대한민국 1호 스토리텔링 강사의 자체발광은 도가 지나쳤다. 나는 마우스를 움직여 비디오와 오디오를 소거시킨 후, 커피를 내려 마시고, 화장실에도 다녀오면서 곰곰 생각했다. 돈 버는 스토리텔링, 너희들이 써라. 나는 책을 읽겠어. 왜냐고… 묻지 마라. 읽고 싶은 책을 제때 읽지 못하면, 아파. 아주 많이, 겁나게 많이 아파.

핸드폰 카톡창에 '장편소설을 썼으니 읽고 의견을 말해주면 좋겠다'는 농료 작가의 글이 떴다. 메일을 검색하고 다운로드를 시작했다. 원고를 출력하는 동안, 고전문학선을 가지런히 꽂은 자리에 우연히 시선이 갔다. 『노틀담 드 파리』[23]를 책장에서 꺼냈다. 뮤지컬에서 에스메랄다 역할을 했던 아름다운 여배우를 떠올리고, 콰지모도의 절절한 감정을 떠올리면서, 이태원 문화센터에서 마스크를 쓴 채 관람을 했던 지난 겨울을 연상했다. **'이제 모든 세계문학이 눈을 메우고, 코를 채우고, 손목에 난 상처를 통해 핏속을 관통하고 있었다. 문학작품이 혈관을 타고 흘렀고 튜는 행복했다.'** 그때, 책을 읽고 싶은 욕망이 열정적으로 **'핏속을 관통'**했다. 책의 제목 『노틀담 드 파리』가 **'눈을 메우고'** 코를 맵게 했다.

나는 정말 얼마만큼 아픈가. 어제 읽었던 책, 아니 한 시간 전에 읽었던 문장에 대한 기억이 사라질까 두렵다. 문학, 고질병에 약이라면 쓰는 일인데, 쓰지 못하고 있다. 문제는 기억이다. 아무 것도 기억나지 않음. 그럼에도 타인의 자본과 대중문화의 유혹을 따돌리기 위해 애를 쓰면서, 밤마다 반복적인 고통으로 몸부림치는 나는 '프란츠 카프카'[24]를 떠올린다. 내게도, 책은 도끼.[25] 내면에 존재하는 얼어붙은 바다를 깨는 도끼. 결국 책이다, 약은 이것이다. 문제는 기억이 아니다. 나는 오늘 밤에야 비로소 심신의 안정을 되찾으며, 다시 올 수 없는 시간의 저편, 위대한 문학가들이 썼던, 그들이 남긴 소설을 읽는다.

'튜'는 바닷가에 나갔다가 **'군데군데 황적색과 적갈색을 띠고 있는 바닷물, 아니 용액 속에 몸을 던졌다.'** 그는 바닷속에서 **'수많은 작가들의 작품이 혼합된 용액을 빨아들이기 시작했다.'** 그리스 여신들을 음미하고, '보바리 부인'도 느끼고, '천일야화'의 한 장면을 보기도 했다. 바다 밑으로 잠수했다가 '파우스트'를, '해리포터'와 '닥터 지바고', '돈키호테'를 먹어 치우기도 했다. 몽상의 바닷속을 헤매는 일, 나는 '튜'의 책을 몽상하고 있다.

---

23) '빅토르 위고' 작품.
24) 프랑스의 소설가.
25) '카프카'가 김나지움 동창생인 '오스카 폴락'에게 쓴 편지 중에서 한 구절.

가끔 문학 병의 증세가 호전되면 책에서 빠져나와 영화에 몸을 담그는데, 『그랑 블루』26)에 심장이 쿵 내려앉을 만큼 감동한 후, 영화관에서 두 번, 최근에 텔레비전 영화 프로에서 운 좋게 또 본 적이 있다. 보고, 또 보고, 보고 싶게 만드는 인생 영화이다. 나는 어쩌면 『그랑블루』의 주인공처럼 깊이 잠수하는 병에 걸린 것일까. 빅 블루, 쿠른 바닷속으로 책이 떠다니면서 작가가, 작가가 만든 주인공이, 작가가 썼던 문장들이 돌고래처럼 헤엄치거나 솟구쳐 오르는 것을 연상하면서… 죽는다. 푸른 바다로 몸을 던진다. 돌고래의 목소리와 교감한다. 그리고 더 깊이, 깊이, 바다 맨 밑, 심연으로 떠난다. 막막한 소설의 바다. 나의 돌고래, 책을 향해 몸을 던진다. 푸르게 빛나는, 그랑블루. 나는 살고 싶은 걸까. **'튜는 파도가 얼굴을 내리치자 이 모든 것으로부터 벗어나 잠시 정신을 차렸다.'** 영화 속 죽음의 엔딩신이 떠올라 깜짝 정신을 차린다, 정신을 차렸다. 눈을 감아도, 눈을 떠도 방안 천장에 푸른 물이 출렁거린다, 바다 맨 밑으로 들어간다. 바다 속, 눈이 어두운 심해어처럼 가라앉아 있다가, 수영을 하지 않고 행복하게 익사한다.

---

26) 1988년 '뤼크 베송'이 만든 프랑스 영화.

'의식을 잃으면서 튜는 바닷가를 보았다. 이방인이 같은 자세로 책을 읽고 있었다.' 나는 '의식을 잃으면서'도, 허공 같은 공허, 일상을 붙잡지 않았다. 몽상의 바다, 책의 바닷속으로 들어가 푸른 숨을 멈추었다.

메리
골드

이층 카페의 탁자보를 걷어내면서, 나는 그녀를 느꼈다. 표백제를 푼 물통에 누런 탁자보를 담그고 카페 내부에 소독약을 뿌렸다.

*

내가 갤러리 입구로 들어섰을 때, 눈에 들어온 것은 노란 물결이었다. 주차장과 갤러리 사이 공터가 꽃밭이 되어있었다. 노란 꽃무리가 바람에 흔들렸다. 울렁거림을 자극하는 꽃들 때문에 짜증이 치밀었다. 공터 한쪽에서는 노인이 쪼그리고 앉아 꽃을 뽑고 있었다. 꽃대궁이를 잡고 천천히 뿌리의 흙까지 집어 올렸다. 나는 노인을 향해 걸어갔다. 주름이 자글자글한 노인은 민망한지 어정쩡하게 웃었다.

 – 꽃이 참말로 이쁘네. 이 꽃 몇 개만 주면 안 되겠어? 많으니까 나 좀 나눠줘. 집에다 심어보게.

노인은 어리광을 부리듯 내게 사정조로 말했다. 뽑힌 꽃늘은 한 묶음 정도였다.

 – 다, 할머니 짓이었네. 자꾸 물건이 없어져서 이상하게 생각했더니.

노인이 놀라 눈을 동그랗게 떴다. 좁은 이마 위 주름과 밑으로 처진 눈매가 볼썽사나웠다.

 – 어이구, 무슨 날벼락 같은 소리야! 난, 아니야.

펄쩍, 뛰는 목소리가 카랑카랑했다. 꾀죄죄한 노인의 몰골은 초라하기 짝이 없었다.

 – 그래요? 하여튼 그 꽃, 돈 많이 들여서 심은 건데. 빨리 놔두고 가세요.

 – 두 개만 주라니까, 그러네.

노인이 금세 비굴한 얼굴이 되어 애매하게 웃었다.

 – 안 된다니까요!

― 젊은 사람이 생긴 것하고는 다르네. 인정머리 없이.

노인에게 꽃을 순순히 줄 수는 없다. 허용된 도둑질을 즐기면서 한 걸음씩 두 걸음씩 갤러리에 들어와 나를 염탐할지 모른다. 꽃을 핑계 삼아 은밀히.

― 빨리 그대로 심어 줘요.

행인들이 노인과 나를 힐끗 쳐다보면서 지나갔다. 어떤 행인은 핸드폰을 꺼내 노란 꽃밭을 찍기도 했다. 기분이 점점 나빠졌다.

― 정 갖고 싶으면, 저 쓰레기를 치워주고 가져가든가….

나는 건물 구석에 있는 커다란 비닐봉지를 손가락으로 가리켰다. 청소차가 오지 않는 이곳의 쓰레기는 땅에 묻거나 태워 없애야만 했다.

― 뭣이! 참, 고약하네. 아, 심어 줄게. 심으면 될 것 아니야.

나를 쳐다보는 노인의 얼굴이 흉하게 일그러졌다. 내키지 않은 듯, 노인은 꽃모가지를 잡고 뿌리들을 흙 속에 거칠게 욱여넣었다.

나는 노인의 뒷모습을 확인하고 전시실로 들어갔다. 몸이 으스스 추웠고 점차 숨이 막혀왔다. 무언지 모를 불쾌한 기운이 몸을 에워싸는 느낌이었다. 전시실 옆 작업실로 들어가 앞치마를 걸쳤다. 비닐에 싸인 흙덩이를 꺼내 토련기에 넣었다. 흙덩이는 균일한 밀도로 섞여 둥근 원통형으로 빠져나왔다. 원통을 대여섯 개 정도 만들었을 때, 주차장으로 들어오는 차 소리가 들렸다. 그제야 다리에 힘이 풀리면서 안정감이 찾아왔다. 그녀가 왔다! 나는 자칫하면 몸을 일으킬 뻔했다.

─ 예쁘죠. 메리골드, 맘에 드세요?

그녀의 몸보다 먼저, 들뜬 목소리가 작업실 안으로 들어왔다.

─ 아니, 무슨 짓이죠? 노란색으로 건물 전체를 빙 둘러버렸으니. 상갓집도 아니고 아무리 장례식장 옆이라고 해도 좀 생각을 했어야죠.

나는 한껏 이맛살을 찌푸리면서 그녀를 노려보았다. 그녀는 당황한 듯 한동안 말을 꺼내지 못한 채 입구에 서 있었다. 입구의 햇살을 등지고 선 그녀가 너무 눈이 부셨다.

─ 그게… 무슨 소린가요? 노란색이 어때서요. 새벽부터 꽃단지에 갔어요. 빨리 끝내려고 사람까지 사서 바삐 심었는데요. 아침 운동 나온 사람들이 동네가 환해졌다고 좋아했는데….

천천히, 그녀가 말을 이었다. 그녀는 마치 주인이라도 된 것처럼 건물의 분위기를 완전히 바꾸어놓고 뿌듯해했을 것이다.

─ 왔으면 들어와야지, 거기서 뭐해요?

작업실 안으로 조심스레 들어서는 그녀의 표정은 이미 굳어
있었다.

— 좀 전에 어떤 할머니가 그러대요. 누런 삼베 깔린 것 같아
기분 나빠 죽겠다고. 그 말을 듣고 얼마나 화났는지 몰라요. 도
대체 왜 한 마디 의논도 없이 이런 짓을 해요. 이 건물이 누구 건
데?

좀 전에 노인이 분명히 그런 말을 한 것 같았다. 내 기억이 흐
리지 않다면 그랬을 것이다.

— 저 꽃들 좀 어떻게 해주세요. 이건 내 건물에 대한 폭력이
라구요. 이러면 안 되지.

그녀는 당황한 듯 움직이지 않았다.

— 아니면, 빨간 꽃을 사이사이 심어 주든지. 그러면 건물에
좀 생기가 돌지 않겠어요?

나는 붉은 샐비어가 갤러리 뜰에 피어있는 상상을 해보았다.
기분이 좋아졌다.

— 관장님은 왜 노란색이 기분 나쁜지, 왜 이러시는지…. 이
해가 되질 않네요.

그녀의 얼굴은 영문을 알 수 없는 표정이었다.

— 원래, 조경 공사를 하려고 했죠. 둘레엔 야자수를 심고 뜰

에는 관목류를 심을 건데! 당신이 저렇게 유치하게 꽃밭을 만든 거잖아!

　- 그러면 어떻게 해드릴까요?

　그녀의 표정은 여전히 굳어있었으나 목소리는 차분했다.

　- 다 뽑아 버려요.

　그녀는 더 이상 대꾸하지 않았다. 정체를 알 수 없는 이상한 쾌감이 내 몸에 전율처럼 흘렀다.

　- 아, 참. 내일은 나 좀 도와주겠어요? 작업이 너무 밀려서. 몸이 아픈데 혼자 하려니까 능률도 오르지 않고 힘드네.

　- 내일이요? 내일도 늦게까지 작업하시나요?

　나는 그녀의 힘없는 질문을 못 들은 척 재빠르게 말했다.

　- 저 재료 좀 가져오세요. 난 허리 아파서 무거운 건 못 들어.

　천천히 걸음을 옮기는 그녀의 표정을 떠올리면서, 나는 작업에 열중하는 척했다. 토련기에서 적당한 크기로 잘려진 흙을 도판기에 넣고 밀었다. 흙의 두께를 측정하려는데 머리가 참을 수 없이 지끈거렸다.

　- 카페는 일주일 후에나 오픈하세요. 지금은 내 일이 너무 바빠서 이층에 신경 쓸 여력이 없으니까.

　- 네?

놀랍고 황당한, 톤이 높은 목소리였다. 예정대로라면 꽃 카페의 개업일은 사흘 후였다.

— 초대장을 이미… 발송했는데요.

— 어쩌나… 내가 사정 좀 해야겠어요. 지역작가 전시가 바로 코앞이라 밤을 새워도 부족하고, 혼자 하자니 시간도 없고. 내일은 가마에 불을 때야 하구.

내가 그녀에게 건물 이층을 빌려준 건 특별한 호의였다. 보증금과 월세 없는 무상임대. 전기요금과 수도요금 등 관리비만 지불하면 되는 파격적인 조건이었다. 의심이 많았던 이전 사람들과는 달리 그녀가 먼저 계약을 서둘렀다. 무상임대차계약서에 도장을 찍고 나서야 그녀는 안심했다. 사람들이 도자기에 관심을 가지도록 이층 카페를 잘 운영해주면 된다는 조건은 적선과 다름없다. 그녀는 이혼했으나 위자료를 받지 못해 어려운 상황이었다. 무조건의 동정과 사랑을 베풀어야만 하는 가여운 존재였다.

— 코일링 작업 아주 잘하던데, 도와주지 않을래요?

첫 미팅 때, 테스트했던 그녀는 손재주가 좋았다. 접시굽을 만드는 코일링 작업은 굳이 내 손을 거칠 필요가 없을 정도였다.

— 일단, 이층 청소부터 하고 내려올게요.

그녀가 뒤를 돌아 작업실을 나갔다.

– 저 노란 것들, 어떻게 좀 해요, 제발!

나는 도판기에서 빠져나온 흙의 두께가 맘에 들지 않아 흙덩이를 바닥으로 던져버렸다.

갤러리 건물은 꽃으로 둘러싸여 있었다. 나는 당황했다. 그녀가 꽃 카페 개업일을 앞두고 밤새 작업을 한 모양이었다. 이층으로 올라갔다. 실내에는 식물들의 이름표가 작품의 라벨처럼 화분에 꽂혀 있었다. 벤자민, 폴리시아스, 클로톤, 알로카시아, 행운목 등등 빠짐없이. 이름표는 마치 작품명처럼 제 존재를 자랑하고 있었다. 발코니에는 아이비 덩굴과 핑크빛 피튜니아가 줄줄이 바깥을 향하여 매달려 있었다. 뒤로 통하는 계단 양쪽에는 사철나무 사이에 조화들이 꽂혀 있어 천박했고, 위쪽으로는 덩굴식물이 길게 흘러내려 어지러웠다. 계단 사이사이 늘어선 동백자스민은 붉은 립스틱을 바른 여자처럼 요염해 보였다. 나는 치밀어 오르는 화를 겨우 참고 카페 안으로 다시 들어갔다. 녹색식물과 화려한 꽃들이 도자기 전시장이었던 이층을 빈틈없이 채워버렸다. 내 작품들이 꽃 속에 묻혀버린 기분이 들었다. 나는 눈으로 그녀를 찾았다. 그녀는 카메라를 들고 식물 사진을 찍는 중이었다.

　– 어때요? 건물 분위기가 한결 살아났죠?

　그녀의 목소리는 들떠있었다.

　– 아니, 그 취향 독특하네요. 이게 다 뭐죠? 이름이 '행복한 꽃카페'라니. 육십 년대식 다방 간판이네요. 게다가 싸구려 꽃으로 격조 있는 갤러리를 망쳐놓다니. 발코니랑 계단에 유치한 저것들, 당장 다 걷어내요!

　그녀는 일시에 얼굴색이 창백해졌다.

　– 안 그래도 인테리어 문제로 한 마디 하고 싶었는데 마침 잘됐네요. 이렇게 예술적 센스가 없다니!

　그녀는 안절부절못했다.

　– 뭐해요? 인테리어 바꾸라니까요.

　갑자기 그녀가 어정쩡한 미소를 지었다. 예상치 못한 웃는 얼굴이었다. 나는 순간적으로 겁이 났다.

　– 아, 마음에 안 드세요? 저는 건물을 좀 예쁘게 살려보려고 했는데. 어떡하죠?

　그녀는 조금 더 환하게 웃는 표정을 지었다. 그녀의 의도적인, 과장된 웃음이 내 얼굴 위에 차갑게 닿는 느낌이었다. 갑자기 싸늘한 기운이 엄습했다. 팔에 오소소 소름이 돋았다.

– 정말 기막혀. 이게 뭐야!

내가 발작적으로 소리쳤다.

– 왜요? 어디가 마음에 들지 않으세요?

– 꽃들이 너무 많으니까 정신이 산만하네. 아, 정말 현기증
나. 엄연히 도자기가 주인이잖아!

쫓겨난 듯 한쪽 구석에 놓여 있는, 내 작품들은 이상하리만큼
볼품없어 보였다. 초록으로 뒤덮인 실내에서 박제동물처럼 생명
력이 없었다. 나는 도자기의 미적 가치를 모르는 그녀를 더는 견
디기 힘들었다.

– 식물은 어차피 모두 팔려나갈 거예요. 조금만 참아 주시
면… 안 될까요?

그녀의 목소리는 적극적인 애원조로 변했다. 조금만 참아달
라는 말에 달리 할 말은 없었다. 어차피 나는 그녀를 이용해 작
품을 판매할 작정이었다. 나의 남편, 그는 그녀의 첫인상이 선하
다고 했다. 같은 교회 전도사로부터 소개받은 그녀에게 이층 카
페 운영을 맡기고 싶은 눈치였다. 인맥이 좋고 주변인들로부터
평판이 나쁘지 않다고 전도사는 말했다.

– 그래요? 어쨌든 당신은 예술적 감각이 형편없어요. 그래서
야 카페 운영을 제대로 잘하겠어?

- ….

　나는 카운터 옆 탁자의 가장 편한 자리, 소파에 비스듬히 누웠다. 가느스름하게 실눈을 뜨면서 그녀를 찾았다. 주방에 들어가 있는 그녀는 그림 속 여자처럼 아득해 보였다. 먼 거리에 있는 것처럼 느껴져 점점 현실감이 떨어지기 시작했다. 현실과 유리된 느낌은 견디기 힘들다. 시간이 앙금처럼 바닥으로 가라앉아 굳어가는 것 같았다. 나는 희뿌옇게 흐려지는 듯한 그녀의 실체를 확인하려고 말을 걸었다.

　- 참, 생활자기를 좀 더 만들어야겠네. 그래야 구색 맞게 판매를 하죠. 갑자기 바빠지네.

　그녀는 대답하지 않았다. 나는 소파에서 몸을 일으키면서 유리창 너머를 보았다. 장례식장으로 구급차 한 대가 들어오고 있었다. 맞은편 병원에서 이송된 사체일 것이다. 장례식장의 주차장에는 까만 승용차가 멈췄다. 누구의 죽음일까. 오늘 밤 장례식장은 환하고 분주할 것이다. 상복 입은 자들의 비통한 표정과 조문객들이 머릿속에 그려졌다.

　- 저기 좀 봐요. 누가 죽었나 봐.

　나는 힘없이 웅얼거렸다.

　- 어디 아프세요? 또 그러시네. 아무도 없는데요.

그녀가 내 곁에서 바깥을 내다보고 있었다. 주방에서 기척도 없이 나온 것이었다. 찰나에 다가온, 기척 없는 존재. 기분이 오싹했다. 발소리도 없이 걸어와 옆에 서 있는 그녀가 두려웠다.

– 숨이 막힐 것 같아. 왜 이렇게 답답하지?

– 컨디션이 안 좋아서 그래요. 공기가 지금 쾌적한 편인데. 환풍기도 돌렸잖아요.

그녀에게 무어라 말하기 힘든, 섬뜩한 느낌이 들었다. 내게 보이는 건 무엇인가. 더 이상 설명할 수 없었다.

– 하던 이야기 계속하죠. 생활자기 말이죠. 혼자 하기 너무 힘들어요. 재미도 없고. 카페에선 머그잔이랑 식기류가 꽤 팔릴 텐데. 오늘도 도와줄 거죠? 다 서로 좋자고 하는 거예요.

그녀가 대답하지 않은 건 내키지 않는 승낙이라는 뜻. 이제 그녀는 내 작업에 없어서는 안 될 중요한 기능이었다.

나는 순간적으로 장례식장 쪽을 쳐다보았다. 차는 한 대도 보이지 않았다. 환영이었을까. 검은 사람들도 사라지고 없었다.

나는 접시 형태를 만들고, 그녀는 접시굽 코일링 작업을 했다.

– 노래를 좀 불러주지 않을래요? 지난번에 들으니까 목소리 좋던데.

그녀는 끊일 듯 이어질 듯 나지막한 목소리로 노래를 불렀다. 아득한 곳에 있는 듯, 그녀의 찬송가 소리는 평화로웠다.

– 목소리가 정말 고우십니다.

그가 작업실 입구에 서 있었다. 주차장으로 들어오는 차 소리도 듣지 못할 만큼 나는 그녀의 노래에 심취해있었다. 언제부터 서 있었을까. 나는 화가 치밀어 오르는 것을 내색하지 않았다. 그의 얼굴을 제대로 본 건 언제였을까. 그는 매일 술에 취해 돌아와 쓰러져 잠들었고, 수면시간을 놓친 나는 새벽까지 깨어 있다가 아침에야 겨우 눈을 붙이곤 했다.

– 어머, 안녕하세요?

그녀가 눈웃음을 흘리며 활짝 웃었다. 침울했던 조금 전과는 달랐다. 해방감을 느끼는 듯, 환한 표정은 나와 함께 있을 때와는 다른 것이었다. 이런 가식적인 상대를 나는 매일 마주해야 할 것이다. 불안감이 안개처럼 스멀스멀 피어올랐다.

– 아, 수고 많으십니다.

그는 사람 좋은 표정으로 미소까지 지었다.

– 어머, 오늘은 일찍 왔네요. 저녁 식사는 했어요?

나는 부드러운 목소리로 말했다.

– 아니, 당신이랑 먹으려고.

작업하느라 식사 시간을 이미 놓쳐버린 후였다.

– 같이 저녁 먹은 지 정말 오래됐네. 우리 나가서 먹어요.

– 그럼, 잘됐네. 모두 같이 나가자구.

내가 말하는 '같이'는 나와 남편이었고, 그가 말하는 '모두 같이'에는 그녀가 포함되어 있었다. 내가 우려했던 건, 이 같은 그의 태도였다.

– 아니, 서영 씨는 바쁘다는데? 그렇죠?

내가 처음으로 이름을 불러준 나와 동갑내기 여자, 진서영. 그녀는 대답하지 않았다.

– 당신, 시동부터 걸어요. 곧 나갈게요.

그녀가 작업용 앞치마와 장갑을 벗고는 세면대로 다가가 수돗물을 틀었다. 수압이 높았는지, 수돗물 소리는 지나치게 크게 들렸다.

– 또 뵙겠습니다.

그녀는 예의 바른 인사를 하고 작업실을 나갔다.

– 당신, 왜 그래? 서로 잘 지내면 좋잖아. 어차피 매일 얼굴 보고 살 사람인데.

– 나, 기분이 이상해요. 저 여자 얼굴 누구랑 닮지 않았나요? … 너무 닮았어.

남편의 짐을 정리하던 중 책상 뒤에 숨겨진 접이식 밥상을 발견했다. 나는 그것을 담쟁이덩굴 무성한 담벼락 아래 쓰레기 속에 버렸다. 그것을 버릴 때, 눈을 찌르는 날카로운 빛에 놀라 이마를 찡그렸다. 사진 속 여자, 그의 전처는 웨딩드레스를 입었다. 남편은 특유의 자상한 미소로 웃고 있었다. 그들의 굳건한 사랑의 맹세는 얼마나 허망한 것인가. 나는 환하게 웃는 신부의 얼굴을 나이프로 천천히 그었다. 후련했다.

－ 난, 어디서 본 느낌이야. 어디서 만났던 여자 같아. 그렇죠?

그는 대답하지 않았다.

－ 그 할머니, 참 안됐어요.

순찰차를 타고 온 경찰관은 나와 안면이 있는 사이였다. 사망자는 동네 노인이라고 했다.

－ 손에 노란 꽃묶음을 꽉 쥐고 있었답니다. 그깟 꽃이 뭐라고.

－ 하필, 우리 건물 앞이네….

－ 관장님은 별 손해 없잖습니까? 보험회사에서 알아서 처리할 테고.

－ 손해가 나지 않았다고요? 작품이 깨졌는데 손해가 아니라니요!

나는 신경이 곤두서있었다. 그러나 경찰관과 굳이 입씨름을 할 필요는 없다. 실패한 도조 작품을 입구에 장식용으로 내놓았기 때문에 손해랄 것도 없었다. 경찰관에게 화가 난 건 아니었다. 사고 현장을 구경하고 있는 사람들을 향해, 낯선 사람들을 향해 뜨거운 물을 쏟아버리고 싶었을 뿐.

나는 카페에서 커피를 내려 마시면서 노란 꽃들을 물끄러미 내려다보았다. 몸에 한기가 들었는지 덜덜 떨렸다.

― 오늘은 일찍 나오셨네요? 근데, 사고가….

카페의 문소리와 동시에 그녀의 목소리가 들렸다.

― 머리가 아파 죽겠어.

나는 이마를 찡그렸다. 말대답이 귀찮을 정도로 두통이 심했다. 그녀를 향해 돌아누웠을 때, 눈에 띈 건 그녀의 옷 색깔이었다.

― 그 옷이 뭐야? 아니, 정말 왜 그래요?

― 이건 천연염색인데. 관장님이 모르셔서 그래요. 메리골드 꽃을 따서 염색한 거라 색이 자연스럽고 고상하잖아요.

그녀는 희열에 가까운, 들뜬 목소리로 말했다. 그녀의 원피스는 시장에서 값싼 무명천을 떠다가 만든 것 같았다. 나는 그녀의 저급한 취향 때문에 화가 났다.

– 자연스럽고 고상해? 메리골드, 뭐야. 그것 때문에 사고가 났어. 차 사고가 꽃 때문에 난 거라고! 당신이 그 할머니 죽인 거야! 내가 뭐라고 했어. 빨간 꽃 심어놓으라고 했잖아!

나는 소리를 질렀다. 그녀의 입꼬리에 떠오르는 비웃는 듯한 표정이 내 비위를 긁었다.

– 그러길래 내가 처음에 노란색 안 된다고 했잖아요. 결국 사람이 죽었잖아! 왜 내 말을 무시했어요? 사고는, 너 때문이야!

나는 치밀어 오르는 화를 조절할 수 없었다. 극심한 불안감이 찾아와 가슴이 두근거렸다. 이상하게 비참해졌다. 그제야 그녀는 겁에 질린 듯 창백한 얼굴이 되었다.

– 곧… 빨간 샐비어를 사다 심을 게요….

나는 일층 작업실로 내려가 장례식장을 쳐다보았다. 다섯 살쯤 되어 보이는 아이가 주차장에서 노는 모습이 보였다.

– 이리 와. 거기서 놀지 말고 빨리 와.

아이를 부르는 소리가 크게 들렸다. 상복을 입은 여자가 어린 아이 어깨에 손을 얹더니 물끄러미 쳐다보고 있는 나를 쏘아보았다. 여자가 아이 손에서 꽃을 털어냈다. 메리골드 모가지들이 후두둑 떨어졌다. 나를 쳐다보는 여자의 눈이 곱지 않았다. 나도 시선을 돌리지 않고 여자를 빤히 쳐다보았다.

― 자, 할머니한테 가자.

그들은 장례식장 안으로 사라졌다.

나는 작업용 나이프를 손에 쥐었다. '모성', 엄마는 아득히 먼 곳을 바라보고 있다. 몸은 먼 곳을 향하여 가고, 표정은 아이에게서 차마 떨어질 수 없는 듯 안타깝다. 나는 나이프로 흙을 바르고 또 발라 표정을 다듬었다. 아이는 엄마의 노란 원피스를 붙잡고 한사코 떨어지지 않으려고 했었다, 아주 오래된 일.

― 식사하게 올라오세요. 아, 이제 드디어 작업에 들어간 건가요?

그녀가 어느새 작업장에 들어와 있었다. 조금 전의 불쾌한 감정을 누르면서 그녀는 식사 준비를 했을 것이 분명했다.

― 이거, 어떤 느낌이 들어요?

그녀는 가만히 작품을 응시했다.

― 글쎄요. 제가 아는 게 있어야죠. 식사하시고 하세요.

그녀가 웃는 가면처럼 서 있다가 이층으로 올라갔다.

나는 나이프로 흙을 바르고 또 문지르며 표정을 만들어냈다. 내가 원하는 표정은 만들어지지 않았다. 엄마는 나를 그렇게 떠났다. 엄마의, 차마 떠날 수 없는 듯한 얼굴을 만들려 했으나 뜻대로 되지 않았다. 나는 나이프로 흙덩어리의 한쪽 뺨을 깊고 길게 내리그었다.

밤이 깊어 갔다. 장례식장은 활기로 가득했다.

오랜만에 그와 함께 카페에서 저녁을 먹었다. 그녀가 특별식으로 마련한 것은 새싹과 식용꽃으로 장식한 비빔밥이었다. 우리 부부에게 애써 잘 보이려는 그녀의 노력이 의아했다. 나는 입맛이 없어 겨우 몇 숟가락 떴다. 식사 중에 그녀가 카페를 퓨전 레스토랑처럼 운영해야 할 것 같다고 말했을 때, 당황했다. 도자 갤러리가 식당으로 변해간다니. 그녀는 갤러리 건물을 이용해서 레스토랑의 주인 행세를 할 속셈이었다. 무일푼으로 들어와서 감히 주인이 되겠다는 것이다.

– 카페에서 식사까지 겸하겠다니! 레스토랑을 만든다고? 이건 계약 위반이지. 아무리 말을 해줘도 못 알아듣네. 사정을 봐주면 그런 줄 알아야지. 인테리어나 바꿔요. 조잡한 식물들 좀 치우라고!

나는 솟구치는 분노를 누르면서 찬찬히 말했다.

– ….

그녀는 앞치마 위에 두 손을 공손히 모은 채 한쪽에 서 있었다.

− 뭐가 어때서? 좋은데. 식물이 많으니까 분위기도 더 시원하게 느껴지잖아.

그의 말에 그녀의 얼굴이 순간 밝아졌다. 나는 그녀가 에어컨 옆에 서 있는 알로카시아처럼 느껴졌다. 토란잎보다 더 큰 알로카시아의 키가 천장을 뚫을 듯 빨리 자랐다. 나는 숨이 막혔다.

− 꽃 카페를 하겠다는 건 핑계였죠? 결국 음식 장사를 하려면서. 왜 그래요, 사람이. 미리 말했으면 좋았잖아요. 솔직히 돈이 필요하다고. 고상한 척, '행복한 꽃카페'라고?

내가 낮은 목소리로 또박또박 말하면서 그녀를 쳐다보았을 때, 그가 자리에서 일어섰다.

− 원고가 밀렸어.

거북한 대화여서 자리를 피하겠다는 뜻이었다. 나는 너무 화가 나서 입술을 깨물었다. 그에게 섣불리 화를 냈다가는 오랜 냉전을 피하지 못할 것이다. 계단을 뚜벅뚜벅 내려가는 그의 발소리가 유난히 크게 들렸다. 몸에서 서서히 힘이 빠져나가는 느낌이었다. 나는 탁자를 힘껏 밀어젖히고 자리에서 일어섰다.

유리창 바깥을 내다보았다. 장례식장은 환했고 입구에 사람들이 삼삼오오 모여 있었다. 주차장에는 담배 연기가 군데군데에서 뿌옇게 허공으로 올라갔다. 장례식이 끝나면, 이곳 갤러리도 무덤처럼 고요해질 것이다.

– 이상하지 않아? 죽은 그 할머니, 정말 왜 새벽에 나와 있었을까? 하필 그 시간에? 운전자는 왜 하필… 노란 메리골드, 역시 불길해.

– 알 수 없지만요. 그건 사고사였을 뿐인데.

그녀가 목소리에 힘을 주었다. 나는 대꾸하기도 귀찮아졌다. 사실, 그녀가 온 뒤로 갤러리는 활기를 띠기 시작했다. 메리골드 덕분에 행인들이 들어와 일층 전시실을 구경하고 카페로 올라가 차를 마시고 돌아가기도 했다. 그런데 내 건물 앞에서 교통사고가 났다. 꽃 때문에 노인이 죽었다. 갤러리 건물은 내가 전남편에게 받은 위자료 전부를 투자해 땅을 사서 지은 것이다. 그 이후, 건물 왼쪽으로 장례식장이 생겼고 오른쪽에는 작은 교회가 들어섰다. 건물의 순서대로면 장례식장 옆 갤러리, 갤러리 옆에는 교회가 있다. 교회는 신도들이 몇 되지 않은 듯 늘 닫혀 있는 것 같았다. 붉은 벽돌에 첨탑 양식의 교회는 중세의 것처럼 폐쇄적으로 보여 비밀스럽게 느껴졌다. 가끔 교회 사모가 건물 뒤 공터 쪽으로 드나드는 것을 보긴 했다. 나는 인적이 드문 건물 뒤편에 철조망 울타리를 쳤다. 울타리 뒤로는 허허벌판이었고 벌판 너머에 늪지가 있었다. 장례식장 건물 뒤에서부터 옷자락 끝리는 소리가 간간이 들려오는 것 같았다. 작업을 하다가 창문에 비친 빨간 불빛을 발견한다. 담뱃불이 유리창에 커다랗게 확대되어 비칠 때, 공포에 휩싸인다. 정체 모를 낯선 자는 서성거리다가 안을 들여다보고 간다. 낯선 자의 폭력적인 시선을 느끼며 종일 갤러리에서 혼자 지내곤 했다. 장례식장 옆 갤러리, 내가 시체가 되어 장례식장으로 들어가는 상상을 했나. 그 느낌은 불쑥, 유령처럼 찾아오곤 했다.

　– 장례식장을 볼 때마다 그런 생각이 들어. 저 곳이 어쩌면, 나를 기다리고 있는 건 아닐까.

　나는 불안감에 싸여 말했다. 그녀가 푸홋, 하고 웃었다.

　– 관장님, 조심하세요. 그게 사실이 되면 어쩌시려고.

　그녀의 느릿하면서도 억양 없는 목소리 때문에, 나는 정말로 무서웠다. 숨쉬기가 힘들 정도였다. 내색하지 않았으나 떨고 있었다. 심장이 쿵쿵거리며 빠르게 뛰었다.

　마트에 들렀다가 집으로 돌아가는 길이었다. 도로에서 무심히 건물 이층을 올려다보았다. 유리창은 형광 불빛이 아닌 와인 빛으로 보였다. 불빛이 따뜻하면서도 기이하게 느껴졌다. 주차장에는 세 대의 차가 있었다. 도대체 저 안에서 무슨 짓을 하는 걸까. 왜 밤에는 수상하게 변해가는 것일까. 도로 갓길에 차를 세웠다. 갤러리로 들어가려다가 생각을 바꿨다. 그들은 수가 많았고 나는 혼자였다. 이층을 노려보다가 한참 후에 차를 움직였다. 영업시간에 불쑥, 카페로 들어오지 말라는 건 그녀의 이상한 부탁이었다. 가슴이 떨렸다. 심장이 찌르는 듯 아팠다.

꽃 카페의 단골손님들이 점점 늘어갔다. 그녀의 상냥한 얼굴이 누구에게든 호감을 주는 모양이었다. 나는 그녀의 밝음을 이해할 수도, 용서할 수도 없었다. 그녀는 이혼한 여자였고 불행해야만 했다. 그런데도 지나치게 행복한 표정이었다. 나는 묘한 배신감을 느꼈다. 무상임대 계약을 했던 것은 내 실수였다. 순진한 내가, 교활한 그녀에게 이용당한 것이다. 그녀는 바쁘다는 핑계로 코일링 작업을 더 이상 거들어주지 않았다. 애초에 그녀를 믿은 게 잘못이었다.

우리 부부는 주말이면 갤러리 건물에 늦게까지 함께 있었다. 그는 서재에 있었고 나는 일층 작업실에 혼자 있었다. 가스가마에서 불꽃이 1,300도까지 활활 타올랐다. 투명창을 통해 불꽃 세기를 확인하고 시간 조절 버튼을 눌렀다. 가마 속 불꽃이 자동으로 꺼질 때까지, 나는 선잠에 빠져들었다. 그가 작업실 문을 두드렸을 때, 눈을 떴다. 이층 카페에도 그제야 불이 꺼졌다. 나는 다시 잠들 수 없었다.

아침 커피를 마시려고 이층으로 향하는 계단을 올라가다 발을 멈췄다. 문이 열린 카페 안에서 낯선 목소리가 들렸다. 옆 교회 사모였다. 사모의 목소리가 먼 곳에서 들리는 듯, 아득했다. 그녀의 울음소리가 간헐적으로 들렸다. 사보의 목소리는 낮았고 오래 계속되었다. 나는 발길을 돌려 그대로 계단을 내려왔다. 가슴이 뛰면서 어지럼증이 일었다.

그녀가 작업실로 들어왔다. 코엑스 전시 때문에 일이 많아요. 내 말에 무어라 대답하는 그녀의 목소리는 너무 작았다. 나를 도와주겠다는 말인지, 도와줄 수 없다는 말인지 잘 알아들을 수 없었다. 그녀가 작업실을 나갔다. 그녀의 뒷모습이 흐릿하게 보여 나는 그녀가 들어 왔는지, 아닌지 혼란스러웠다. 꿈에서 방금 깨어난 것처럼 멍해졌다. 손이 미끄러져 작품을 놓쳤다. 마무리 작업이 끝난 작품이 시멘트 바닥에 떨어져 조각조각 부서졌다. 깨진 조각을 줍다가 손가락을 베어 피가 조금 나왔다. 가슴 속에서 뜨거운 불이 활활 타오르는 것 같았다. 나는 유리창으로 다가가 건너편 이층 카페를 올려다보았다. 그녀가 창가에서 서성거리면서 나를 내려다보았다. 순간, 팔뚝에 소름이 돋았다.

나는 핸드폰으로 그녀를 호출했다.

− 코엑스 전시 일정이 일주일 동안이라 당분간 갤러리를 비워야겠어요. 오늘은 작업 좀 도와주시고요.

나는 에어캡을 잘라내서 도자기를 포장하고 있는 그녀를 자세히 보았다. 그녀의 몸은 몹시 야위었고 얼굴은 심하게 초췌해 보였다. 점점 말이 없어진 그녀의 표정에도 웃음기가 사라졌다. 알 수 없는 고뇌, 고뇌에서 생겨난 그늘이 그녀의 표정을 어둡게 만들고 있는 것 같았다. 눈 밑에는 다크써클까지 생겨나 있었다.

− 나, 돌아왔을 땐 메리골드가 눈에 안 보여야 해요. 나 너무 오래 참은 거 알죠? 다녀와서 조경 공사 들어갈 거예요. 주차장도 없앨 거예요.

그녀가 놀란 눈으로 나를 쳐다보았다. 나는 그녀의 눈을 마주치지 않고 낮은 목소리로 더욱 부드럽게 말했다.

− 아, 조심해요. 깨지지 않게 조심해요. 그리고 작품들 가격은 내가 써준 그대로 판매하시고, 나 없어도 할인행사 잘하겠죠?

나는 그녀가 생활도자기를 전부 판매할 수 있도록 가격표를 미리 만들어 놓았다.

− 재고 다 확인했죠? 원가 그대로 판매하는 거니까, 아마 손

님들이 좋아할 거예요.

그녀는 내가 내민 가격표를 물끄러미 내려다보았다.

― 왜 대답이 없어요. 내 말이 말 같지 않아요?

그녀의 표정은 데스마스크처럼 하얗게 변해있었다. 깨진 도자기 조각으로 확, 그녀의 얼굴을 내리긋고 싶은 충동을 느꼈다.

나는 일주일 만에 갤러리로 돌아왔다. 일층 전시장 앞뜰은 물론, 이층 카페 입구에서부터 내부까지 식물들은 빽빽이 들어차 있었다. 알로카시아 잎은 천장을 향해 새순을 내밀며 올라가고 있었고, 창가에 늘어선 안시리움의 붉은 꽃들이 독버섯처럼 혀를 날름거리고 있었다. 숨이 가빴다. 심장이 쿵쿵 뛰었다.

나는 속이 뒤틀리는 것을 겨우 참으며 소파에 쓰러지다시피 누웠다. 카페의 모든 탁자마다 놓인 다구세트에도 먼지가 가득 올라앉았다. 전시장의 생활자기들은 내가 배치해놓은 그대로 있었다. 화장실 입구 한쪽 구석에는 박스와 포장지들이 나를 비웃는 듯 널브러져 흩어져 있었다. 내가 두고 간 그대로 손도 대지 않았던 것이다.

나는 소파에서 발딱, 몸을 일으켰다. 창밖으로 뜰을 내려다보았다. 그녀는 노란 메리골드를 뽑지도 않았고, 붉은 샐비어를 심지도 않았다. 그녀는 어디로 갔을까. 내가 없는 동안, 갤러리를 비운 동안 무슨 일이 일어났을까. 내 작품들, 원가에 내놓는다고 홀대하지 마세요. 이거 최상급이야. 전부 팔렸으면 좋겠네. 서영 씨만 믿을게요. 다, 서로 잘되자고 하는 일이에요. 내 말에 그녀는 억지 미소를 짓는 느낌이었다. 조용히 웃고 있는 그녀의 얼굴이 평소와는 달리 지나치게 파리했다. 긴 머리를 뒤로 질끈 묶은 채, 립스틱조차 바르지 않았다. 서영 씨만 보면 너무 가여워서 가슴이 아파요. 그 말은 내 진심이었다. 그녀는 웃는 것도 아니고 우는 것도 아닌, 애매한 얼굴이었다. 그녀의 침묵 때문에 점점 화가 치밀었다. 그녀 곁으로 바싹 다가가 속삭였다. 한 가지 사실, 다시 말할까. 너 때문에 사람이 죽었어. 그녀는 그 말에는 찬찬히 또박또박 대답했다. 그거 사·고·였·어·요. 나는 강조해야만 했다. 아니, 메리골드 때문이야. 넌 살인자야. 그녀의 얼굴은 하얗게 질려갔다.

생각해보니, 그녀는 내게 꽤 쓸모 있었던 빗자루 같은 존재였다. 그녀가 있었던 동안, 먼지가 쌓일 틈이 없을 정도로 건물의 구석구석은 깨끗했다. 매일 맛보았던 요리 솜씨도 나쁘지 않았다.

*

이층 카페에서, 사라지지 않는 소독 냄새 속에서도, 나는 그녀를 느꼈다. 유리창으로 다가가 장례식장을 내려다보았다. 장례식장 입구는 환했다. 불빛 사이로 흰 천에 싸인 그녀의 몸이 환시처럼 허공에 떠올랐다. 심상이 빠르게 뛰었다. 나는 잘못한 일이 없다. 모두 메리골드 때문이었어. '행복한 꽃카페', 내 건물에서… 어떻게 나보다 더 행복할 수 있어? 나는 뒤틀린 손가락 관절을 조심스럽게 만지면서 그녀의 겁먹은 창백한 얼굴을 떠올렸다. 잊고 있었던, 극심한 두통이 다시 시작되고 있었다. 급기야 머리가 빠개질 듯이 아팠다.

사람이 오지 않는 갤러리는 지나치게 적막했다.

여름 햇살이 건물을 서서히 달구고 있었다. 갤러리 뜰의 메리골드는 무성한 잡초들 속에 묻혀 노란빛을 잃어갔다. 나는 인부들을 동원해 메리골드를 전부 파내고 회색 시멘트로 덮었다.

떠도는 영혼의
노래

＊

그날로부터, 사십여 년이 흘렀다.

칠월, 현진은 시들어가는 장미꽃 정원 벤치에 앉아 있다. 오랜 세월 속을 거슬러, 꽃향기에 섞인 옛 냄새가 코끝을 간질거리며 스며든다. 기억이 환상처럼 허공을 떠돈다.

인터넷을 검색한다. 장미, 장미 정원, 장미 한 송이, 장미 향기. 검색창에 수많은 장미 관련어가 있다. 장미꽃 그림도 많다. 그중 〈장미와 여인〉, 문현철이 눈에 띈다. 분명히 그의 이름이다.

파란 대문집에는 오월이면 담장에 붉은 덩굴장미가 피고, 유월이면 옛 굴뚝을 감고 기어오르는 능소화가 화사했다. 화단 중앙에는 울퉁불퉁한 모양의 여주와 기다란 수세미가 주렁주렁 열려 있고 그 아래, 초록색 벨벳 소파가 있었다. 군데군데 쥐가 쏠아낸 흔적이 있는 소파 밑에는 흰 강아지가 묻혔다. 강아지가 쥐약을 먹고 죽은 후, 어린 현진은 말을 하지 않고 지냈다. 조용히, 유령처럼 초록 소파에 우두커니 앉아 있을 때가 많았다.

열린 철문 사이로 사촌오빠 현철이 들어섰다. 카키색 책가방을 든 그는 흘낏, 현진을 쳐다보았으나 말을 걸지 않았고 웃지도 않았다. 현진이도 모르는 척했다. 그의 뒤로 보라색 교복을 입은 여고생이 따라 들어왔다. 쾅, 철문 닫히는 소리가 났다. 숨이 턱, 막혔다.

현철은 징검다리처럼 놓인 다이아몬드형 블록을 딛고 활짝 열린 파란 대문 안으로 들어섰다. 그 뒤로 눈부시게 흰 칼라로 깃을 세운 여고생이 들어왔다. 여고생은 화구 가방을 든 채였다. 현진은 아는 척하지 않았다. 여고생도 현진을 쳐다보지 않았다. 분명히 현철의 방 앞, 장미꽃 화단, 버려진 소파에 못난이 울보

인형처럼 현진이 앉아 있었는데 쳐다보지 않았다. 여고생은 댓돌 위에 신발을 벗어두고, 현철을 따라 방으로 들어갔다. 그 방에는 석고상 아그리파가 있었다. 현진이 가끔 방에 몰래 들어서면 아그리파는 무심한 눈으로 허공을 쳐다보고 있었다. 매사 냉정한 문현철처럼. 현진은 오랫동안 방 안에 있었다. 유화 물감 냄새가 좋았다. 문현철의 냄새는 붓과 나이프와 팔레트에 묻은 물감 냄새와 똑같았다. 현진은 손가락으로 아그리파의 눈, 코, 입의 뚜렷한 윤곽을 더듬어보았다. 석고상은 선뜩하도록 차가웠다. 현진은 장미화단 속에 숨어서 여고생이 들어간 방안을 오래도록 지켜보았다. 화단 속 장미 나무의 굵고 날카로운 가시를 피해 소름을 참으며 앉아 있었다. 화려하고 탐스러운 장미꽃들 사이로 푸른 하늘이 보였다. 하늘에는 흰 구름이 둥둥 떠다녔다. 구름은 자유롭게 흘러 다니는 것 같았다.

아악! 여고생의 날카로운 신음에 이어 문현철의 굵은 목소리가 동시에 들렸다. 현진이는 귀를 막았다. 아아아, 현진은 가만히 속으로 소리쳤다.

시간은 흐르지 않고 정지한 듯했다. 귀를 막고 있었기 때문에 무슨 일이 일어났는지는 알 수 없었다. 지나치게 조용한 오후, 은은하면서 미묘한 장미꽃 향기가 현기증처럼 다가왔다. 그때,

엿 냄새가 온 집안을 에워싸기 시작했다. 물엿의 달콤한 냄새가 공기를 타고 강하게 출렁거리며 코끝을 자극했다. 엿 냄새는 너무 달아서 뱃속을 울렁거리게 했다. 현진은 참을 수 없는 구토증을 느꼈다. 무슨 냄새가 진짜 장미꽃 향기인지, 헷갈렸다. 스르르 눈이 감기는 것 같았다. 붉은색, 주황색, 노란색 장미꽃들이 눈앞에서 커졌다 작아지고 있었다. 꿈인 듯 생시인 듯, 몽롱했다. 달콤한 엿 냄새가 은은한 장미꽃 향기를 기어이 삼켜버렸다.

엿 공장 일이 끝난 인부들이 퇴근하는 소리가 수선스러웠다. 현진은 소파에서 게으르게 일어났다. 고개를 처박고 엉덩이를 치켜들어 강아지가 묻힌 어둠 속을 한참이나 들여다보았다. 소파 밑은 함정 같았다. 까만 눈망울에 꼬리를 흔들며 재롱을 떨던 흰 강아지를 떠올리자, 눈물이 나왔다. 방에서 키우던 강아지 해피는 큰아버지가 몹시 화를 내는 바람에 마당으로 내려놓은 첫날, 더러운 시궁쥐 대신 쥐약을 먹었다. 해피는 몸을 한참이나 바르르, 떨다가 죽었다. 눈을 뜬 채로. 현진은 큰아버지에게 쥐약을 먹여 죽이고 싶었다.

─애가 또 소파 밑으로 들어갔어요!

옥자 언니가 소리쳤다.

─눈이 아직 멍하네!

옥자 언니가 현진을 뒤에서 끄집어내었다.

　―흰죽을 쑤던지, 누룽지라도 푹 끓여 먹여봐라. 저러다 진짜 죽겠다.

　큰엄마의 목소리가 귓전에서 들렸다. 현진은 맥이 풀리면서 정신을 놓았다. 부엌방에서 새벽에야 정신이 든 현진은, 옥자 언니가 준 따뜻한 숭늉을 마시고 그녀의 등 뒤에 업혀 다시 잠에 빠졌다.

　다음날에도 종일 누워 지냈다. 감긴 눈이 제대로 떠지질 않아 세상이 캄캄했다.

　―애 꼴이 말이 아니네. 넋이 나간 것처럼. 저 앨 어쩔끄나.

　큰엄마가 끌끌, 혀를 찼다.

　현진의 아버지가 돌아왔다. 엿 공장의 채무를 모두 넘겨받은 그는 밤도망을 한 형님의 빚 청산을 했다. 엿 공장은 은행으로, 파란 대문집은 경매로 팔렸다.

　―거지 신세가 따로 없구나.

　어릴 때 언뜻, 한두 번 본 적이 있는 아버지가 말했다. 현진이는 리어카에 짐짝과 함께 실렸다. 거지가 된 아버지를 따라 울퉁불퉁 돌멩이로 가득한 길을 지나 산동네 어느 골목길 맨 끝 집,

단칸방으로 이사했다. 천구백팔십년 삼월이었다.

　현진은 산 아래 개교한 초등학교로 전학했다. 건축 자재가 널려 있는 학교 건물은 공사 중이었고, 운동장에는 모래가 가득했다. 아이들이 현진을 왕따시켰다. 첫 수업이 시작되면, 뒷자리 아이가 현신의 갈래머리를 확, 잡아챘다. 아버지가 아침 일찍 양갈래로 땋아준 머리였다. 매일 괴로웠다. 어느 날 현진은 끝내 저항하지 못하고, 울음을 참다가 몰래 교실을 나왔다. 철길을 따라 걸었다. 구부러진 철길은 끝이 보이지 않았다. 터벅터벅 자갈길을 걷다가, 레일 위를 걷다가, 기차가 오는지 기다렸으나 기차는 끝내 보이지 않았다. 눈앞이 어룽어룽 희뿌옇게 앞이 보이지 않았다.

　단칸방에는 아무도 없었다. 현진은 머리 끈을 던지고, 고무줄 두 개를 끊어버렸다. 거울을 보았다. 찡그린 못난이 인형이 사나운 표정으로 앉아 있었다. 머리를 풀어 헤쳤다. 가위를 머리카락에 갖다 대고 싹, 뚝, 잘랐다.

　몹시 앓아서 죽을 고비를 넘겼다, 고 아버지가 말했다. 현진은 혓바닥이 가뭄 끝 논바닥처럼 쩍쩍 갈라져 음식을 넘길 수 없었다. 겨우 자리에서 일어나 학교에 갔다. 아버지 뒤를 따라 교장실 소파에 잠시 앉았다가 교실에 들어갔더니 뒷자리 아이가 보이지 않았다. 속이 후련했다. 그러나 아무도 현진에게 말을 걸지도, 눈을 마주치지도 않았다.

　─이쁘다, 우리 딸.

　미장원에서 짧은 커트를 한 현진에게 아버지가 뻔한 거짓말을 했다.

　손이 가늘고 얼굴이 하얀 아버지가 막노동 일을 시작했다. 매일 밤늦게 들어왔다. 동네 가게에서 인부들과 술을 마시고 취해 비틀비틀 노래 부르면서. 베사메 베사메 무초～ 라고 흥얼거리면서. 술 냄새가 싫은 현진은 대문 앞에 하염없이 앉아 있었다. 달빛이 질펀하게 내려 은싸라기처럼 환한 골목길에서 먼 하늘을 올려다보곤 했다. 쪼그리고 앉아 땅에 구멍을 파서 유리구슬 따먹기를 했다. 자치기도 혼자서 했다. 그럴 때면, 파란 대문 집 장미꽃 향기 그윽한 오월이 자꾸 생각났다. 옛 공장 안집, 장미 정원. 현진은 몽유병 환자처럼 밤이슬을 맞고 쏘다녔다. 어느 틈에, 낯선 길 위에 서 있곤 했다. 파란 대문 그 집이 어디였는지 도무지 알 수 없어, 깊은 밤 산동네 아래를 헤매다 흙 묻은 강아지 꼴이 되어 돌아왔다. 아버지는 곤한 잠에서 깨지 않았다.

덩굴장미꽃이 환하게 피어나는 오월, 대학이 가까운 산동네 집들은 대문을 걸어 잠그기 시작했다. 계엄군에 쫓긴 대학생들이 도망 다닌다, 고 동네 아줌마들이 수군거렸다.

현진의 아버지는 집을 나간 지 이틀 후, 밤늦게 돌아왔다. 현진은 밥통 속 말라빠진 밥을 담아 김치와 된장국뿐인 밥상을 차렸다.

—우리 딸, 밥 먹었냐? 아버지는 괜찮다. 먹고 왔다.

기운 없는 표정의 아버지가 현진을 멀거니 쳐다보았다. 두 눈동자가 이글이글 불타는 느낌이었다. 그날 아버지는 끙끙 앓다가, 몸을 이불 속에 시체처럼 묻고 잠들었다. 악몽을 꾸는 지, 연신 비명을 질렀다. 무슨 말인지 뜻을 알 수 없었다. 현진은 잠들지 못했다.

동네 사람들은 도청에 다녀온 이웃들이 전하는 소식 때문에 불안하고 혼란스러워했다. 낮에도 대문을 닫고 안으로 잠갔다. 현진은 무서웠다. 그 무서움은 어디서부터 시작되었는지 알 수 없었다.

오월 이십일, 아버지는 돌아오지 않았다. 현진은 뭐가 뭔지 알 수 없어, 애타게 기다렸다. 피가 마르는 것 같았다. 텔레비전에서는 빨갱이 폭도들이 도시를 점령했다, 고 보도했다.

―느그 아버지, 도청에 나갔다가 죽었는지 모르겠다.

셋집 주인아줌마가 말했다. 두려움과 함께 공포심이 찾아왔다. 먼 곳에서 총소리가 들렸다. 현진은 아줌마가 일러준 대로 총을 맞아도 죽지 않으려고 솜이불을 뒤집어썼다. 아줌마의 대학생 아들은 아침에 나갔다가 늦은 오후가 되어 들어와 점심밥을 먹고 다시, 도청으로 나갔다.

사흘이 지났다. 대학생은 집으로 돌아오지 않았다. 아줌마는 미친 듯 통곡하면서 매일 도청으로 나갔다. 사방을 헤매고 다녔으나, 어디로 갔는지 끝내 외아들을 찾을 수 없었다.

현진의 아버지는 유월이 지나가도록 연락이 없었다. 칠월 초에 친척 어른이 비쩍 마른 현진을 서울로 전학시켰다.

―그래도 밥값은 할 정도이니 뭐야. 하긴 뭐, 잠도 우리집에서 자니까. 하지만, 이제 아이도 낳아야 하고, 나로서는 골칫덩어리 아니겠어. 제발 엄마가 데려가요.

―사정이 지금 좋지 않아. 이제 다 컸는데, 저 알아서 살아야지. 좀더 기다려보자. 지금… 어쩌겠냐.

친척 언니는 신촌에서 분식점을 했다. 현진은 분식집과 안집을 오가며 밥도 하고, 빨래도 하는 등 가사를 도맡았다. 파란 대문집 옥자 언니처럼 부엌데기 신세였다.

　─쟤를 어떻게 해? 중학교도 가야 하고. 누가 책임질 건데….

　─네 작은아버지가 그렇게 되어버릴 줄, 어떻게 알았겠냐. 행불자인 것 같아야. 우리로서는 어떻게 해볼 도리가 없어.

　현진은 중학교를 거쳐 홍제동 야간상업학교에 들어갔다. 낮에는 일하고, 밤에는 공부했다. 친구들과 교복을 똑같이 입었어도, 현진은 외톨이였다. 말을 꺼내려고 하면 반 친구들이 촌년, 이라고 놀리면서 따돌렸다. 자주 책상 위에 엎드려 잠든 척했다. 반벙어리처럼 말이 제대로 나오지 않아 늘 더듬거렸다.

*

　서른 살 현진은 고향으로 돌아왔다. 친척이 경영하는 대형 슈퍼마켓의 경리직원으로 휴일 없이 일했다. 잠깐 틈을 내어, '예술의 거리'를 배회하곤 했다. 예전에 살던 계림동과 가까운 곳. 현진은 이 학년까지 다녔던 중앙초등학교 맞은편 화방 옆 갤러리로 들어섰다, 무심히. 그때, 번개처럼 가슴을 치는 느낌, '문현철의 전시회'였다. 〈대동세상〉 라는 대형작품이 전시장 입구에

포스터로 찍혀 있었다. 가슴이 베일 듯 아팠고, 심장이 빠르게 뛰기 시작했다.

이끌리듯, 떨리는 손으로 안내석에 놓인 리플릿을 집어 들었다. 갤러리 중앙에는 춤추는 테라코타 인형들이 전시되어 있었다. 수천 개, 아주 작은 크기의 토우들이 둥글게 원을 형성했고, 그 뒤쪽으로 수천 명이 따로 무리 지어 있었다. 토우들은 군중을 상징하는 듯했다. 어떤 토우들은 눈이 없었고, 코도 보이지 않았다. 입도 없는 그들은, 웃는 듯했으나 우는 얼굴이었다. 눈물과 웃음을 함께 반죽했는지, 짓이겨진 얼굴의 토우들이 전시장을 가득 메우고 있었다. 옹기로 구운 형상은 크고 작은 강강술래 형상이었다. 그들은 어깨동무처럼 둥글게 원을 그렸다. 백자로 만든 형상들도 있었다. 그들 중에는 머릿수건을 쓴 채로, 통곡하는 듯 일그러진 표정들이 많았다. 갤러리 한쪽 벽면에는 대형작품의 광목천이 걸려있었다. 천정에서부터 펼쳐진 광목천에는 수만 명의 군중들이 먹물 그림으로 형상화되어 있었다. 그들이 어딘가를 향해 고개를 숙이고 걷거나, 또는 두 손을 높이 벌리고 만세를 부르고 있었다.

관람객들은 조용히 한쪽에서 작품을 감상하고 있었다. 사진을 찍거나, 무언가를 열심히 노트에 기록하는 학생들도 있었다.

현진은 입구 쪽에 있는 벽면의 설명을 읽었다. 민주화운동, 해방공간… 운운, 문현철 작가는…, 그 뒤로 긴 글이 깨알처럼 적혔다. 갑자기 머리가 아팠고 눈앞이 뿌옇게 흐려졌다. 아버지! 울컥, 하는 뜨거운 슬픔이 치밀고 올라왔다.

고향에 돌아오자마자 현진은 아버지를 찾기 위해 애를 썼으나 도부지 알 수 없었다. 행방불명. 아마도 그랬을 것이다. 실종신고를 했지만 찾을 수 없었다, 라고 친척이 알려주었다. 그때까지도 현진은 아버지의 사망신고를 하지 않고 있었다. 아버지는 어딘가에 살아있는 것 같았다. 하지만 처음부터 없는 존재, 일 수도 있다. 아마도, 그럴 수 있다고 생각하기도 했다. 초등학교 이 학년 때 어느 날, 아버지라는 사람이 불쑥 나타났다. 그러나 그와는 일 년도 함께 살지 못했다. 오월 그날, 감쪽같이 눈앞에서 사라졌다. 아버지는 어디에서 어떻게 되어버렸나. 현진의 생에서 순간적으로 사라진 사람은 아버지 이전에, 엄마가 있다. 얼굴은 알지 못한다. 다만, 죽었다. 죽었으니, 말도 꺼내지 마라. 큰엄마가 말했다. 파란 대문집에서 엄마, 라는 호칭은 금기였다. 현진은 허공을 떠다니듯 살았다. 뿌리는 있으나 흙에 뿌리를 내리지 못했다, 개구리밥처럼.

 ─문현철 작가의 작업은 현재진행형입니다. …, 진혼곡이라

해야 하겠죠….

어느 목소리가 귀를 진동시켰다. 갑자기, 전신에 두드러기가 날 지경이었다. 속이 뜨겁고 아팠다. 온갖 감정이 섞여 끓어오르듯 넘치는 느낌이었다. 그것이 무엇인가. 알지 못한다. 누구를 향하는지 모를 분노가 걷잡을 수 없이 소용돌이쳤다.

현진은 출구를 향해 나갔다. 그때, 문현철인 듯한 남자가 사람들과 함께 갤러리로 들어서고 있었다. 얼굴이 이미 취해버린 듯 불콰한 표정이었다. 그가 비틀거렸다. 한 여자가 그를 재빨리 부축했다.

－오늘은 안 되겠어요. 그냥 가요.

－음, 아니야. 괜찮아.

그의 혀가 말리듯이 소리가 꼬였다.

－선배님, 오늘은 그냥 가셨다가 내일 철수할 때, 오시죠.

－작품이 다 팔렸답니다.

문현철, 그는 주름이 가득한 중늙은이였다. 구불거리는 머리는 지나치게 덥수룩했고, 쇠잔한 얼굴은 술에 찌든 사람처럼 보였다. 술에 만취해 밤늦게 집에 돌아와 잠에 빠져들던, 본 적이 있는 익숙한, 아버지라는 사람과 비슷한 모습이었다. 초췌하고 침울한 얼굴. 현진은 한쪽에 선 채로 그의 얼굴을 뚫어지게 보았다. 안경 속, 눈동자가 젖어있는 느낌이었다. 온몸으로 우는 듯한, 그런 사람을 현진은 한 번도 본 적이 없었다.

─언론들과 미술계 반응이 좋습니다.

─그동안 참말 고생 많으셨어요.

─팔려고 내놓은 작품은 아니었어. 딱 한 점만 팔려도 된다고, 생각했어. 그런네. 내 작품 저, 한 짐은 남기고 싶어.

─하하하. 이미 다 팔렸답니다. 선화랑 주인이 세 점이나 구입했어요.

─인사동 명인방 주인이 가게 입구에 세우겠다면서….

문현철 옆에 있는 여자는 어딘지 낯이 익었다. 여주 열매가 주렁주렁 열린 그물망 사이로 그녀를 몰래 보았다. 그의 방으로 들어가던 예쁜 여고생. 보라색 교복을 입은 미술입시반. 동급생 문현철에게 그림을 배웠던 여고생은 얼굴이 뽀얗고 갸름한 형, 두 눈은 지나치게 커서 인상적이었다. 그녀인지 아닌지 알 수 없는, 눈이 동그랗고 선한 표정, 긴 머리 여자는 천천히 그의 뒤로 걸음을 옮겼다.

현진은 그의 작품 리플릿을 오래도록 책장에 넣어두었다.

팔십 년 봄날 잔혹한 어둠이 도시를 공격했을 때, 오월 이십육일 농성동 통합병원 부근. '죽음의 행진' 행렬 속에 문현철이 있었다. 그는 그동안 자지 못하고 먹지 못해 기진맥진, 가수면 상태를 오가며 헤매고 있었다.

다 죽겠구나. 나도… 죽을 수 있다.

그는 머지않아 도청이 함락되리라는 것을 감지했다. 도시의 수습위원회와 거대한 어둠과의 협상이 결렬된 이십육일 오후였다. 대한민국에서 도시 하나를 완전히 점령한, 그들은 자신들의 총구가 어디를 향하는지도 몰랐다, 고 말하기도 했다. 그 시간은 망각하고 싶은 시간이었다, 라고 증언한 그들도 있었을 것이다.

문현철은 시민들이 모인 도청 시계탑 아래에 있었다. 살아있는 함성과 통곡이 들렸다. 악몽 같았다. 두려움에 떨었다. 피비린내 학살 현장을 보고, 죽기 살기로 도망친 생각.

부끄러워, 고개를 무릎 사이로 처박았다. 친구들과 연락이 되지 않았다. 모두 숨어버린 것인가. 우두커니, 그가 접한 것은 이름도 알 수 없는 수십만 시민들이었다. 그 얼굴들이 떠올랐다가 사라졌다. 보이지 않은 죽음이 떠올랐다. 죽음이 그의 눈 속에 들어왔다. 혓바닥을 날름거리는 공포가 그를 잡아먹을 것 같았다. 처참하지만, 순결한 피의 도시, 죄 없는 시민들이 흩어졌다.

문현철은 자취방에서 한껏 몸을 웅크렸다.

이십육일 오후 일곱 시 반.

문현철은 누군가 제 목을 옥죄는 것만 같아 겨우 눈을 떴다. 소스라치게 일어났다, 자신도 모르게 문을 열고 뛰었다.

도청으로 가기 위해 대인시장 앞을 지나갔을 때, 훤칠한 키에 얼굴이 하얀 작은아버지를 언뜻 보았다. 고개를 돌렸다. 작은아버지인가, 아닌가. 그를 외면한 것은 어쩔 수 없는 일. 아버지의 엿 공장이 망한 뒤, 모든 빚이 작은아버지에게 넘어갔다. 승려가 되기 위해 지리산 암자에 머물렀던 작은아버지가 속세로 돌아왔다. 아버지의 사업 실패로 부도가 난 후, 문현철은 작은아버지에게 의탁해서 고등학교를 졸업했다. 서울에서 간신히 집을 구한 부모님이 삼 남매를 불렀다. 문현철은 작은아버지가 리어카에 조카 현진이를 태우고 간단한 가재도구를 싣는 것을 보았다. 누나들과 함께 서둘러 서울로 갔다. 그러나 팔십 년 봄, 학교는 공부할 분위기가 아니었다. 친구들은 신군부에 저항하고 있었다. 정치에 관심 없는 그는 어수선한 세상이 싫었다. 기대치가 너무 큰 부모님께는 온다간다 말하지 않고 고향으로 돌아왔다.

비쩍 마른 작은아버지가 어디론가 걸어가고 있었다, 다리를 절뚝거리며. 어디를 다친 것인가. 아마, 도청을 향해 가는 길일 것이다. 시민들이 향하는 곳, 도청. 문현철은 작은아버지 눈에 띄지 않게 몸을 숨긴 후, 사람들 무리에 섞여 도청으로 갔다. 그 것이 짧은 일별이 될 줄 끝내 알지 못했다. 아마, 그 사람은 작은 아버지가 아니었을 수 있다, 라고 문현철은 애써 생각했다. 말이 없고 매사 조용하기만 했던 작은아버지는 세상일에 거의 관심이 없었던 사람이었다.

문현철은 자신의 거취를 알리려고 부모님께 전화했다. 그러 나 여전히 통신 두절. 모든 흐름이 막혔다. 바깥으로 가는 경로 가 이미 차단당했다. 눈앞이 캄캄해졌다. 죄 없는 도시 하나가 대한민국의 영토에서 거세당한 것 같았다.

떠나자. 서울로 가야 한다. 이건 분명 꿈이다. 꿈에서 벗어나 야 한다.

문현철은 간단히 소지품을 꾸렸다. 그는 달아나기 위해 집 밖 으로 나섰다. 달아나지 못한다.

달아나자, 아니 못하겠어. 달아나야 해. 안돼, 안돼! 탈출하다 가, 죽을 것이다.

도청으로 향했다. 광장, 공기 속에서 시체 냄새가 나는 것 같 았다. 바람이 불 때마다 향냄새에 섞여 영혼이 떠돌아다녔다. 그 들이 하늘의 해를 멈추게 하고, 구름을 멈추게 했다. 문현철은 눈을 들어 허공을 본다. 아득할 뿐, 해는 검은 점으로 남아 그의 눈동자를 태울 듯 뜨겁게 작열하고 있었다. 그는 검은 태양을 눈 속에 담았다.

도청으로부터 끝없이 달아나려 했으나, 몸은 이미 그곳에 있었다. 피 냄새나는 어둠이 도청을 향해 오고 있다는 소식. 공포에 질린 시민들은 집 안으로 들어가 숨었나. 문현철도 그 길로 도망치듯 달방으로 숨어들었다. 그는 밤의 정적 속에서, 비겁함과 굴욕감을 느끼며 울었다.

멀리서 들리는 총소리. 오월 이십칠일 새벽 네 시. 도청을 포위하고 작전을 개시하라. 사살하라! 어둠은 더 큰 어둠의 지령을 확인한 뒤였다.

문현철은 히틀러의 학살 명령으로 사라진 체코의 작은 마을 리디체를 떠올렸다. 친구들과 본 적이 있었던 영화 〈새벽의 7인〉, 그 장면이 기억을 스쳤다. 울컥, 했다. 뜨거운 분노로 치밀어 올랐던 그 실화와 지나치게 흡사한 이 도시의 상황. 끝내 죽을 수밖에 없었던 리디체 사람들. 그 마을은 지명도 사라지고, 지도에서도 삭제당했다. 모두 죽거나 수용소로 끌려갔다.

혼란에 빠진 문현철은 방 안에서 이불을 뒤집어썼다, 두려움에 떨었다, 죄책감으로 울었다. 가슴이 뜨겁게 아팠다. 그는 잠들 수 없었다. 격리된 도시에서 탈출할 수 없어 한없이 울었다.

*

　그날로부터, 사십여 년이 지났다.

　현진은 친구와 함께 사진을 찍었다. 무등산 아래 어느 집, 덩굴장미꽃 환한 담장을 찍다가 언뜻 파란 대문집을 떠올린다. 있었으나, 없었던 아버지도 떠올랐다. 현진은 아버지의 얼굴이 차츰 기억나지 않았다. 이사 다니는 동안, 단 하나뿐인 앨범을 잃어버렸다. 아버지의 얼굴은 어떻게 생겼는가. 기억이 가물가물했다. 현진은 여전히 사망신고를 하지 않았다. 죽은 그의 몸을 본 적이 없었다. 어딘가 살아있을지도 모를, 의문의 실종. 호적에 문귀석의 자식이라고 기록이 되었으므로, 그는 아버지임이 분명했으나, 팔십 년 그날 어딘가에 암매장되었을지 모를 실종자일 수 있다. 현진은 아버지의 죽음에 대해 그 어떤 것도 알지 못할 것이다. 죽을 때까지, 그의 마지막 음성만 귓가에 남을 것이다. 아버지는 그날, 현진에게 말했다.

—어디 나가지 말고 집에 가만히 있어라. 아버지, 금방 올 테니.

현진은 처음으로, 문귀석을 검색한다. 문귀석이라는 이름을 가진 사람은 드물다. 딱 두 사람이 있었으나 전혀, 닮지 않은 경상북도 사람이다. 그리고 서울 사람. 문귀석, 그는 문현진의 호석초본 외, 어디에도 기록으로 남지 않았다.

사촌 문현철을 검색한다. 강원도 오지에서 아내와 함께 그림을 그리고 있다는 그의 근황을 본다.

〈무등 속으로〉 60×44cm, 문현철. 무등산 그림이라고 할 수도 없는, 그의 그림은 관념적이다. 무엇을 생략했을까. 무엇을 기호화했을까. 이 무등산은 진짜 무등산인가. 콜라주 기법처럼, 까만 종이와 흰 종이를 뜯어 붙인 작품. 안개에 휩싸인 듯한 무등산은 흡사 피가 빠져나간 듯, 무심한 느낌이다. 무념무상의, 아무 움직임 없고 느낌조차 일어나지 않는 멈춤. 이제 문현철에게는, 기억 속에서 안녕하고 그리운 무등산이 되었을까. 그는 떠났다. 멀리, 더욱 멀리 강원도 산속에 칩거한 그는, 이제 그날을 잊었을까. 흑백으로 남은 기억의 오월. 그는 오직 먹물 종이와 흰 종이로만 산의 형상을 표현하고 있다. 그것은 태백산이거나, 지리산이거나, 대한민국 지도에 있는 모든 산일 수 있다. 사진 속 그의 얼굴은 편안해 보인다.

현진은 파란 대문집의 기억이 다만, 꿈이었을 뿐이라고 생각한다. 오래된 과거는 꿈에서 살아보았을 것 같은 옛 공장, 오월 장미 향기 그윽한 곳.

서울살이 때, 영혼이 아팠으나 간신히 살았다. 악몽을 꾸고 나면, 강아지 해피처럼 약을 먹고 죽기를 소원했다. 방 안에 살던 흰 강아지를 마당으로 휙, 내던진 큰아버지를 만날 때면 부르르 몸이 떨렸다. 그는 마당과 부엌과 곳간, 뒤뜰, 옛 공장 군데군데 쥐약을 놓은 것을 망각했을까.

현진은 노트북을 끈다. 숨이 막힐 듯 갑갑하다. 실종자를 찾기 위해 교도소 암매장터를 발굴한다는 소식을 들었을 때처럼 막막하다. 아버지. 감쪽같이 존재가 사라진, 세상에 무의미한 이름이 된 문귀석. 현진은 도시와 소읍의 정신병원과 요양원을 뒤지고 다녔다. 찾을 수 없었다. 죽었으나 죽지 못한, 현진의 아버지는 먼 허공 어딘가를 떠도는 넋이 되었을 것이다.

먼 곳에서 총소리가 들린다. 캐터필러 소리에 땅이 진동하며 흔들리는 것 같다. 오월이 되면, 현진의 영혼은 정처 없이 떠돈다. 아무도 아버지를 찾아주려고 하지 않았다. 친척들과 완벽하게 인연을 끊은 현진은, 아버지의 한때나마 빛이 났을 과거를 구체적으로 알지 못한다. 그들에게 하고 싶은 말이 너무도 많다. 이제 와, 자신을 돌봐 주었다는 그들에게 학대받았다고 어찌 말하랴. 노동력을 착취당했다고 어디에 호소할 것인가. 서울로 올라간 후, 그들은 가난에 허덕이면서 하루하루 먹고사느라 바빴다. 아무리 애를 써서 돈을 벌었어도, 큰엄마는 유리 티팟에 영국 홍차를 우려 마실 수 있는 경제적인 여유가 없었다. 비가 오면, 루핑 지붕에 떨어지는 빗소리가 지나치게 크게 들리는 셋집 상하방에서 깊은 한숨을 자주 내쉬곤 했으므로. 사정이 딱했다. 그러니 그 누구도 현진의 아버지가 누구인지, 어떤 삶을 살았는지 다정하게 말해주지 않았다.

*

계림동 골목에 들어선 순간, 시간이 갑자기 흘러간다. 현진은 도로에서 휘어지도록 굽은 골목길을 올려다본다. 과거 속으로 시간 이동을 하는 기분이다. 이토록 작고 좁은 길이었나. 골목길의 하늘은 골목만큼 좁다. 좁은 하늘길에는 이리저리 뒤엉킨 전선들이 보인다. 전선들이 구획을 지어 조각조각 하늘이 나뉘었다. 골목길은 혼자서 걸어 다니던 등하교 길. 저물녘까지 그 길 구석진 곳 달고나 장수 할아버지 앞에서 우산 모양 별 모양을 떼어내었다, 돌사탕을 입안에 굴리면서. 걷다가 지치면 주머니 안에 든 센베이 과자를 바삭바삭 부스러뜨리면서 터덜터덜, 파란 대문집으로 걸어가던 기억. 그 골목에는 낡고 초라한 간판들이 여태껏 남아있다. 길 양쪽으로 다닥다닥 늘어선 가게들은 천구백팔십 년에 보았던 간판들 같다. 천천히 골목길을 걸어 옛 공장이 있었던 자리를 찾기 시작한다. 걷자마자, 멈추었던 시간이 째깍째깍 빠르게 움직인다. 순식간에, 잃어버린 시간이 현진을 향해 기억의 그물을 펼친다.

계림동 성당 맞은편에 있었던 옛 공장, 흔적도 없이 사라진 공간을 찾아서 걷는다. 그곳은 신축 아파트의 공사장이 되었다. 거대한 가림막 펜스가 늘어선 넓은 부지 속에 어린 날이 지하 깊숙이 파묻혀 있다. 녹색 소파 밑에 파묻힌 강아지가 생각난다. 과거의 일, 모든 건 시간 속으로 사라졌다. 옛 공장의 넓은 부지는 고층 아파트 건물로 치솟을 것이다. 그동안 어떻게 살았던 것일까. 무엇이 두려워서 이곳을 찾지 못했을까. 성장통을 겪었던 기억의 공간, 그곳은 사나운 철근들이 어지럽게 늘어선 공사장의 넓고 큰 땅에 불과하다. 이것은 현실이다. 현재는 과거 위에 정착하면서 끝없이 변화를 겪는다. 모든 성장하는 것들은 현재를 흘러 미래로 향한다.

신축 아파트 공사장 뒤편으로는 시민들의 휴식 공간 '푸른길'이 조성되었다. 그곳으로 기차가 지나갔었던 건 일천구백팔십년 이진, 과거의 일. 이제 녹색의 숲이 있고, 버스 정류장이 있는 일상의 공간으로 완전히 변했다. 어떻게 이럴 수 있는가. 내 아버지의 그날, 몸속의 피가 따뜻한 아버지는 분명히 산동네를 내려와 이 옛 공장 터를 한 번 들여다본 후, 도청을 향해 뛰었을 것이다. 잘못한 사람은 네가 아니야. 그러니 학교에 가자. 아버지가 현진이 편을 들어주었다. 세상에서 처음으로 자기 편이 생겼던 기억. 현진은 뭉클, 가슴이 뜨거워지면서 참을 수 없이 화가 난다. 가슴 속에서 붉은 분노가 울컥거리며, 치밀어 오르고 있다.

다다를 수 없는 거리의 깊이를

시간이, 시간이, 머리를 풀어 헤치고 나부껴 간다.

이제는 무엇 하나 보아낼 것 없는 눈에

누가 올렸는가 만장 하나

팽팽 펄럭펄럭

하늘 끝 한 점을 뒤틀리며 펄럭이고 있다.[1]

　땅속에 묻힌 과거. 바깥 철문이 꽝, 닫히면 숨이 턱, 막혔던
그곳 파란 대문집에는 환하고 향기로운 장미꽃 화단이 있었다.
오월이 되면 장미 향기가 은은하게 떠다니다가, 엿 냄새와 달콤
하게 섞여 흐르던 곳. 공장 입구에서 모락모락 흰 수증기가 안개
처럼 가득 흘러나오고, 높은 굴뚝 속 흰 연기는 구름을 향해 끝
없이 올라갔다. 동네 아이들이 침을 흘리면서 철문 사이로 고개
를 들이밀면서 엿보던 그곳, 너는 물엿에다 밥 말아 먹는 거냐?
호기심에 찬 남자아이가 대문 사이로 내다보면서 물었던, 그 집.
흰 강아지 무덤, 초록색 벨벳 소파가 있었던 장미 정원.
　사촌오빠 문현철이 그린 〈장미와 여인〉을 다시, 자세하게 살
펴본다. 빨간 장미꽃들에 둘러싸인, 둥그런 아기를 품은 여자의
고개 숙인 그림이다. 눈을 감은 여자는 장미 정원 속에서 보았던
그 여자일까, 두 눈이 크고 까맣던. 사진 속 작가의 얼굴을 보았
다. 문현철이 맞는지, 몇 번이나 자세히 들여다보았다. 정말 사

---

1) 김시종, 『광주시편』 19쪽 「흐트러져 펄럭이는」, 푸른역사, 2014.

촌오빠인가. 중늙은이가 되어 허탈한 표정으로, 세상을 초월한 듯 웃는 얼굴. 그림을 잘 그리는 고등학교 삼 학년 문현철을 떠올리면, 아그리파 석고상과 유화 물감이 기억난다.

펄럭이고 있다.
하이얀 만상이 한 줄기[2]

계림동 성당 맞은편에 있던 옛 공장, 과거는 스산하게 펄럭인다. 희디흰 만장挽章에 보이지 않게 쓰인 아버지의 행적, 그 이름. 현진은 신축 아파트 공사장 가림막 펜스를 쳐다보면서 그곳에서 서성거리고 있다, 떠나지 못한다.

---

2) 김시종, 『광주시편』 18쪽 「흐트러져 펄럭이는」, 푸른역사, 2014.

그가 카페 이층으로 올라왔을 때, 그녀는 야구모자를 더욱 깊이 눌러썼다. 그는 흰색의 차이나칼라가 돋보이는 준수한 외모였다.

― 주식을 20년 했다고 하셨죠?

― 정확히 19년이죠.

그녀는 빵에 생크림을 바르면서 모자 챙 아래로 그를 힐끗 보았다. 침묵이 길어 조금 어색한 분위기였다.

오전 9시, 주식시장이 열리는 시간, 그녀는 증권사의 홈페이지를 접속했다. 그가 그녀의 옆으로 자연스럽게 자리를 옮겼다. 그녀는 얼굴 근육이 경련되는 것을 들키지 않기 위해 모자를 깊이 눌러썼다. 둘의 거리는 서로 숨소리가 들릴 정도로 가까웠다.

그녀는 주식시장의 차트 HTS를 세팅하기 시작했다.

— 굉장히 빠르시네.

그는 그녀의 재빠른 손동작과 컴퓨터 화면을 지켜보면서 놀랐다.

— 이 차트는 제 노하우예요. 오, 이건, 진짜 아무도 안 가르쳐 줬던 건데.

그녀가 차트의 보조지표들을 빠른 동작으로 그의 노트북 화면에 모두 띄웠다. 보조차트는 모두 네 개였다. 그녀는 화면에 프로그램을 다운받은 후, 빠른 동작으로 마우스를 움직였다. 그는 차트의 빨간 막대가 추세선을 타고 급상승하는 순간, 숨을 멈췄다. 그녀는 긴장하고 있는 그를 보면서 우월감을 느꼈다.

— 차트에서 양봉만 보면 안 돼요. 추세선이라고 해도 금방 음봉으로 떨어지고. 사실, 매수점은 바로 이 지점이고요.

그녀가 화면 속 빨간 막대그래프를 볼펜으로 가리켰다. 그는 놀란 감정을 억제하느라 표정이 딱딱해졌다.

— 그동안 도대체 주식을 어떻게 했길래 차트도 못 보는 건지 모르겠네, 그러니까 돈을 잃는 거죠.

그녀의 자신감에 들뜬 목소리는 점점 더 또렷해지고 커졌으나 스스로는 느끼지 못했다.

　― 제 말이 그겁니다. 제 오피스텔로 가서 좀 더 자세히 구체적으로 배워야 한다니까…. 이런 데서 좀 그렇잖습니까.

　그가 아쉬운 듯 말했다. 그녀가 순간, 소리 내어 웃으며 모자챙을 위로 치켜 올랐다. 그의 얼굴을 자세히 들여다보려는 순간적인 행동이었다.

　― 좋아요. 어쨌든 오늘부터 가르쳐 드리죠. 하지만, 공짜는 없는 거 아시죠?

　― 물론이죠. 원하시는 건 모두 다 해드리죠.

　그의 목소리가 부드럽게 귓전을 울렸다. 귓가에 그의 숨결이 와 닿아 간질거렸다.

　― 나중, 딴소리하지 마세요.

　말이 떨어지는 것과 동시에 그녀가 마우스를 움직였다. 그녀의 눈과 손은 동시 동작으로 한 번에 계약을 체결했다. 클릭 한 번에 금액은 총 2,500,000원. 그는 순간적으로 심장이 허공으로 높이 뛰는 것 같았다. 허공으로 달아난 심장은 여간해서 제자리로 돌아오지 않았다. 숨이 멈출 것만 같았다. 그는 입을 하아, 벌렸다. 목소리를 죽이려고 숨을 약간 참았다. 그는 천천히, 천천히 심장을 끌어오느라고 호흡을 조절했다. 그가 긴 한숨을 한참

만에야 서서히 내쉬면서 긴장을 풀었다.

– 왜요? 믿어지지 않아요?

그녀는 또 까르르 웃었다. 웃음은 자꾸 헤퍼졌고 점차 자신감의 수위가 높아져 얼굴이 상기되었다. 그녀가 야구모자를 벗었다. 그 바람에 긴 생머리가 찰랑, 어깨에 내려앉았다. 생머리 얼굴은 사십 대로 보이지 않을 만큼 동안이었다.

그녀가 핸드백에서 아이패드를 꺼내 화면에 아이디와 비밀번호를 입력했다. 주식 전용계좌였다. 순간, 이백오십만 원이 입금되었다. 화면에서 눈을 떼지 않던 그는 정신이 나가 얼이 빠질 뻔했다. 소문대로 귀신이군. 그는 표정을 무덤덤하게 유지하느라 조금 힘들었다. 그녀가 자신의 수익 계좌를 차례로 터치했다. 손실이 없는 완벽한 입금계좌였다.

– 나 만난 거, 행운인 줄만 아세요.

그녀가 그의 노트북 마우스를 빠르게 움직였다.

– 좋다. 오늘은 추세장이네. 갭상 1포인트, 좀 더 관망합시다.

그는 가슴이 마구 뛰었다. 추세장이라니. 이건 호기다. 그녀가 마우스를 움직였다. 종가는 259. 08로 시가는 260. 15였다. 그녀의 안경 속 두 눈이 번뜩거리며 한쪽 눈 흰자위가 커졌다.

흰자위의 번뜩거림은 화면에 집중할 때면 더욱 심해졌다. 그녀의 왼쪽 눈은 거의 보이지 않았고 오른쪽 시력 또한 좋지 않았다. 그녀는 온라인 주식카페의 고독한 귀신으로 알려져 있다. 선물투자는 물론이고 옵션투자에도 능했다. 심야시간, 미국과 중국의 주식시장에 배팅해서 고수익을 얻기도 했다. 온라인 카페에서는 최고의 애널리스트로 알려진 여자다.

순간, 차트의 빨간 막대와 파란 막대가 빠르게 움직였다. 그의 시선이 화면에 박혀 버렸다. 그녀가 다시 클릭하려는 순간, 핸드폰 벨이 울렸다.

– 네. 왜 그랬대요? 시키는대로만 하라고 했잖아요? 다들 도대체 왜 그래! 아니요. 지금은 안 된다니까.

그녀가 핸드폰 종료 버튼을 사납게 눌렀다. 오만상을 찌푸린 표정이 조금 전과 달라 그는 당황했다. 그녀는 감정조절이 안 되는지 머그잔을 집어 식은 커피를 들이켰다. 표정이 복잡해진 그녀는 짜증을 감추지 않고 초조한 듯 화면을 쳐다보았다.

핸드폰 벨이 다시 울렸다. 그녀는 발신자 번호를 확인하더니 핸드폰 종료 버튼을 눌렀다. 전화로 인한 갑작스런 피로감 때문인지 상을 찌푸렸다. 돌변한 그녀의 태도에 당황한 그는 말도 걸지 못하고 눈치를 보았다.

그녀가 핸드백 안에서 머리끈을 꺼내더니 긴 생머리를 뒤로 질끈 묶었다. 명품 핸드백이었다. 그 안에는 온갖 소지품들이 잡동사니처럼 어지럽게 흩어져 있었다.

*

주식 강의는 소상공인회의소 소장의 강의 요청으로 개설되었다. 소장은 그의 친구였고 그가 모집한 수강생들은 십여 명 정도였다. 오리엔테이션이 열렸다. 그는 맨 뒷자리에 앉아 단상에 서 있는 그녀를 조금 불안스레 지켜보았다. 그녀는 야구모자를 쓴 채 챙 아래로 시선을 움직여가며 슬쩍, 사람들을 쳐다보았다. 시선을 어디로 둘지 난감한 상태였다. 주식의 귀신, 그녀를 온라인 카페에서 알게 된 그는 오프라인 만남을 제안했다. 그들은 처음 만났을 때, 서로 놀랐다. 그녀는 한때, 아들의 가야금 레슨 선생이었던 그를 보고 곧 안도했다. 사람을 좀처럼 믿을 수 없었던 까닭이다. 이 년 전, 친구에게 수억대의 돈을 사기당해 충격을 받아 쓰러진 후 생긴 후유증이었다. 휘트니스클럽 운영자금을 투자했다가 먹튀한 친구의 행방을 찾지 못했다. 응급실로 갔다가 혼수상태에서 겨우 깨어났으나 한쪽 눈이 실명 상태였다. 그녀는 세상 바깥으로 나가지 않고 오로지 온라인 카페에만 접속했다. 주식카페에서 채팅으로 그를 만나 오프라인으로 나왔다. 둘은 금세 의기투합했다. 그는 주식으로 잃은 재산을 모두 만회하고 싶었다. 그녀는 그를 통해 주식 강사로 새 인생을 열고 싶었다.

소장이 그녀에 대해 지나치게 부풀린 소개를 했다. 그녀는 조금 떨리는 음성으로 말했다.

– 제가 최선을 다해 여러분께… 가르쳐 드릴게요. 제 말만 듣고… 그대로 따르시면 주식에 실패하지 않아요. 제가 반드시… 수익을 낼 수 있게 방법을 알려드릴게요. 전 주식에 이십 년 세월을 바쳤어요, 사실 이론은… 많이 필요 없어요.

그녀는 집안에서 컴퓨터로 주식만 하고 살았다. 목소리는 더 듬거렸지만 들떠있었다. 주식에 관한 경험과 성공사례들로 시간이 흘러갔다. 그녀의 강의는 두서없이 횡설수설하다가 본론을 놓치곤 자주 삼천포로 빠졌다.

– 저는 최근에야 사람들이 하루에… 십만 원 벌기도 힘들다는 걸 알았어요. 그게 있을 수 있는 일인지… 정말 믿어지지 않았어요. 세상에 겨우 하루에 십만 원이라니.

수강생들은 강사의 말이 아니꼬웠으나 내색하지 않았다. 그 중에는 하루에 일만 원 벌이도 못 하는 취업준비생이 있었다. 문 인화가는 친구와 동업을 하다가 실패해 재산을 날렸다. 부동산 업자도 있었다. 다단계회사에 들어갔다가 아파트까지 날려버린 사람도 있었다. 대리운전 남자는 도박에 손댔다가 파산한 인생 이었다.

– 주, 주식시장에 배팅만 잘하면… 먹고 사는 것은 물론, 인 생을 즐기면서… 사 살 수 있죠. 운명이… 바, 바뀐다고요.

그녀는 긴장이 되면 말을 더욱 더듬거렸다. 자기 이야기에 도 취해 이야기를 어디서부터 시작해서 어디서 끝내야 하는지조차 알지 못했다.

대리운전이 기분이 상한 얼굴로 그녀를 노려봤다.

– 아니, 그럼 선생님은 하루에 주식을 해서 얼마를 버시는지 ?

그녀가 대리운전을 쳐다보았다. 남자의 얼굴은 오종종했으며 눈매가 제법 날카로웠다.

– 저, 저는 오전에 잠, 깐 배팅해요. 적게는… 오, 오십만 원, 장이 좋은 경우에, 사 삼백만 원은 금방이죠.

그녀는 개의치 않고 자신 있게 웃었다. 그는 그녀의 웃음이 어쩐지 불안했다. 소장이 얼른 말을 보탰다.

- 사실입니다. 선생님의 수익 계좌는 전부 입금 계좌니까.

그는 앞서가는 소장의 말이 마음에 걸렸으나 그녀가 한 걸음 더 앞섰다.

- 이거 보, 보여드릴까요?

그녀가 단상에서 내려와 아이패드를 꺼내며 수강생들에게 손짓했다. 수강생들이 주춤주춤 일어나 앞자리로 몰려들었다. 그녀는 아이디와 비번을 입력한 뒤, 거래은행 통장 계좌를 공개했다. 계좌에 찍힌 금액은 모두 입금뿐이었다. 기본이 백만 원 단위였다. 매일 이백만, 삼백만 원이 입금되어 있었다. 수강생들은 화면을 확인하고는 혀를 내두르며, 한 마디씩 탄성을 질렀다.

그녀가 이제, 그만, 하더니 아이패드를 재빨리 닫았다. 대리운전은 그녀와 좀 더 특별하고 돈독한 관계를 맺어야겠다고 생각했다. 문인화가는 자리에 돌아가 팔짱을 끼고 그녀를 면밀하게 관찰했다. 수강생들 대부분은 통장에 찍힌 금액을 보고는 주눅이 들었다. 강사에게 의혹이 생겼지만, 화면의 금액은 믿을 수밖에 없는 입금 계좌였다.

맨 뒷자리의 그는 그녀의 즉흥적인 행동 때문에 조금 불안했다.

- 겨 결론은, 주, 주식을 잘… 배워 놓으면… 노후보장은 거,

걱정 없다는 거죠.

그들은 그녀의 말에 점점 설득당했다. 내색은 하지 않았으나 다들 들뜬 얼굴이 되었다.

— 노후에는 지, 집안에 커, 컴퓨터 두 대를 놓고… 대형 슬라이드 화면에… HTS를 깔아놓고요. 아, 그거요? 지, 집에서… 주식 매매를 할 수 있는… 프로그램이죠. 홈 브레이닝 시스템이란…말이죠. 주식 방송에 나오는 거 보, 보셨죠?

창업을 했으나, 망하고 다단계 사업까지 실패한 중년 남자는 '노후설계'라는 단어가 나오자 귀가 솔깃해졌다. 생각만으로 성공에 도달한 듯, 횡재를 잡은 얼굴로 환해졌다. 모든 수강생들의 얼굴이 환해진 것은 아니다. 여전히, 의심을 풀지 못한 얼굴도 있었다. 문인화가는 사업을 접고 그림을 그리면서 조용히 살려고 생각했다. 그러나 최근에 아내가 운영하는 보습학원 건물주가 전세보증금을 올려달라고 했다. 학원 문을 닫을 지경에 처해 목돈이 절실히 필요했던 참이었다. 문인화가는 목돈을 벌 수 있다는 유혹적인 한마디 말에 마음을 정했다.

수강생들은 각각 수강료 삼백만 원을 지불했다. 한 달 수강료 오백만 원은 지나치다는 중론이어서 삼백만 원으로 정했다. 그녀는 서울과 지방이 이런 촌스런 점에서 표시가 난다고 대놓고 비웃었다. 그와 소장은 겨우 참았다. 수강생들은 고액의 수강료에 불만이 많았으나 미래의 수익을 위해 입을 다물었다.

소장은 수강생들에게 정해진 수입만으로 먹고 살 수 있는 세상이 아니라는 것을 강조했다. 소장은 각종 창업을 위한 강의개설을 했고 각계 유명인사의 강의를 유치했다. 그 중, 주식 강의는 강의 제목을 공개하지 않고 비공개로 은밀히 개설했다. 창업 프로그램에 인원이 몰리자 주식 강의는 맨 끝 사무실로 옮겼다. 그날, 같은 시간에 열린 창업교실 강사 목소리는 벽을 뚫고 주식 강의실로 날아들었다.

그녀는 강의를 잠시 귀 기울여 듣다가 결론을 지었다.

— 차, 창업이… 쉽진 않죠. 이익을 투자해도, 한 달에… 이백만 원 벌기 힘들죠. 그죠? 그러다 문 닫고 마는데. 빚만 잔뜩 지고. 차, 창업자금 대출받아 비, 빚지고, 월급 못 줘 비, 빚지고… 그게 시시, 신용불량까지… 뻔하지 않아요?

그녀는 창업 강의를 듣는 사람들이 불쌍하다, 말했다. 수강생들은 그녀의 말에 동의했다. 주식을 육 년째 하는 전업주부, 대학을 갓 졸업한 취업준비생, 핸드폰 대리점의 영업사원도 마찬가지 심정이었다. 말쑥한 정장 차림의 증권사 직원은 그녀 외에 다른 수강생들과는 전혀 말을 섞지 않았다.

그녀의 두 번째 강의는 '현물과 선물의 차이'였다. 선물옵션의 수익에 열을 올린 수강생들은 각자 황금빛 꿈에 부풀었다. 멋진 인생의 시작점이 될 겁니다. 그녀는 힘주어 말했다. 대리운전은 무언가 큰 결심을 한 듯 입을 꾹 다물고 있었다. 영리하게 생긴 작은 누 눈이 날카롭게 번뜩였다.

– 종잣돈, 씨드머니를 정하셨으면 백만 원당, 한 계약이 좋아요. 그날 수익이 난 돈, 십 원 단위까지 절대 손대지 않을 통장에 출금하시고요. 만일 손실이 나서 씨드가 오십만 원으로 줄었다면 다른 돈을 구해서라도 플러스 시키세요. 대출이라도 받아요. 그 돈으로 선물에 투자해서 이백만 원을 만듭니다. 그렇게 꾸준히 수익이 나면 오천만 원이 만들어지겠죠? 거기서 십 프로인 오백만 원으로 계약을 두 개 체결한다면 일억 원 벌기는 그리 시간이 오래 가지 않습니다.

그녀가 자신감을 얻은 후, 말을 더 이상 더듬거리지 않아 강의는 더욱 미끄럽고 매끄럽게 흘렀다. 점점 당당해져 목소리가 커졌다.

초급 강의가 끝나갈 무렵, 그녀는 캡 달린 모자를 벗고 긴 생머리를 웨이브퍼머로 말았다. 청자켓과 청바지를 벗고 정장 투피스로 갈아입었다. 까만색 워커 대신 명품 구두, 킬힐을 신었다. 그녀는 킬힐 덕분에 키가 커졌고, 화장한 얼굴에는 오만한 표정이 드러났다.

그는 점점 싸늘해져 가는 그녀에게 숫제 말을 건네지도 못했다.

*

수강생들은 파생상품 선물옵션에 점점 재미를 붙였다. 큰돈 투자하지 않아도 이익은 파생되기 때문에 누구나 할 수 있는 주식 상품이라 했다. 그 때문에 대리운전은 고급반 강의까지 한 번도 결석한 적이 없었고 그녀에게 공손한 태도로 일관하며 깍듯이 받들어 모셨다.

대리운전은 자신감이 생겼다. 주식 강의 듣고 모의투자 연습하는데도 하루 시간이 빠듯했다. 아침 아홉 시부터 시작된 주식 시장은 오후 세 시에 끝났다. 야간에 일하고 새벽에야 귀가한 터라 잠이 늘 부족했지만, 아침 일찍 책상에 앉아야 했다. 핏발 선 눈으로 실투자를 하면서 천국과 지옥을 오가곤 했다. 선물, 실투자가 인생의 관건이 되었다. 돈을 조금이라도 잃으면 생지옥이 따로 없었다. 초조해진 대리운전은 개인교습을 받기 위해 그녀에게 사정했다. 그녀는 긍정적이면서 부드러운 말투로 전화 상담만 했다. 대리운선은 속이 탔으나 그녀가 만나주시 않았나. 결국 고급반 강의 노트를 보면서 모의투자를 여러 차례 실험했다. 그러나 일확천금은 불면의 천정에서 맴돌곤 했다. 보증 서느라 진 빚 때문에 이혼까지 당한 후, 매달 노모의 병원비를 대느라 지친 인생이었다. 그런데, 비로소 십억 대의 돈을 벌 수 있다는 새로운 꿈이 생긴 것이다. 그는 수강생 중 맨 처음, 모의투자에서 삼백만 원의 수익을 올려 재빠르게 실전에 돌입한 능력자였으나 일주일 후에 칠백만 원을 고스란히 날렸다. 증권회사에서 대출한 오백만 원은 빚이 되었다. 빚이 늘어난 대리운전은 절망했다. 실투자로 돈을 벌기 위해 일을 두 달이나 쉬었다.

그녀는 누누이 강조한 사항이라며 대리운전의 경우를 예로 들었다.

— 직업을 그만두면 안 됩니다. 수익을 제대로 올릴 때까지 일은 하셔야 합니다. 단번에 수익이 납니까. 저는 이십 년을 주식

에 올인한 귀신입니다. 여러 개미들! 여러분이 폭 망하면 누가 책임집니까.

수강생들의 모의투자와 가상의 입금 계좌는 나쁘지 않았으나 성질 급한 다섯 명은 실전 투자를 했다. 육년 차 주식광 전업주부, 취준생, 다단계 중년남자까지 재빨리 실투자로 돌아섰다. 그녀가 권하지 않은 일이었다. 전업주부는 실투자를 하다가 삼백만 원을 단번에 날렸으나 아무에게도 말하지 못하고, 속으로 끙끙 앓았다. 모의투자를 하던 문인화가는 수익이 날 때는 실투자할 것을 고려했고, 손실이 날 때는 모의투자 하기 잘했다고 가슴을 쓸어내렸다. 다단계로 재산을 날린 중년은 미래라는 허상에 가상의 돈 몇억씩을 얹어두고 주식시장 화면을 보며 실투자를 꿈꾸며 살았다. 빨간 막대그래프, 노후자금이 화면에서 정충처럼 활발하게 꼬리쳤다.

어느 날, 부동산업자들이 고급반에 합류했다. 그들은 매일 모의투자로 수익을 올리며 정신이 들떠 있었다. 상상의 돈은 허공에서 그들의 낮과 밤을 지배했고, 일상과 미래까지 모의로 설계해주었다. 실투자로 돌아서는 날, 그들은 대박을 꿈꾸었다.

그녀는 강의 개설을 위해 애쓴 그를 본체만체 무시했다. 강의실 복도에서 겨우 만난 그가 말을 걸기 위해 다가가면, 눈길을 아래로 깔고 재빨리 지나갔다. 그의 친구 소장도 고급반 강의를 듣게 되면서 실전 투자에 임했다. 소외된 그는 불안했다. 그들 3인방은 언젠가부터 삐걱거리고 있었다. 강의료 수입 중 그녀가 7을 먹고 소장이 3을 먹었다. 주식을 하느라 가야금 강의도 때려치운 그는 아무것도 얻지 못했다. 발등을 찧으면서 후회했다. 그가 그녀의 수입 중 2를 가져가기로 했으나 그녀는 모르쇠로 일관했다. 실전 투자에서 수익을 올려주기로 했던 애초의 약속을 지키지 않았다. 그녀가 챙긴 수강료 내역은 물론, 소장의 통장에 수강료가 어떻게 입금되고 있는지 그는 전혀 알 수 없었고 관여할 수 없었다. 그는 배신감에 치를 떨었다.

그녀의 주식 강의가 신도시 아파트 단지에 개설되었다는 소문이 들렸으나 확인할 수는 없었다. 그는 속이 부글부글 끓었고 소장은 새로운 궁리를 틀었다. 소문은 확실해졌다. 그녀의 강의는 비밀리에 개인지도로 이루어진다는 믿을만한 정보가 수강생들 사이에서 들려왔다. 그녀는 점점 기고만장해져 강의실 복도를 걸을 때마다 킬힐 소리가 지나치게 날카롭고 크게 울렸다.

대리운전이 특별반 강의에 나오지 않았다. 수강생들이 둘씩, 셋씩 모여 수군거렸다. 정확하지 않은 실종 소문만 돌아다녔다. 그들은 여러 날째 대리운전의 소식을 알 수 없게 되자 불안감에 빠졌다.

*

그녀와 그녀의 남편은 야간 장에서 1000유로의 수익을 챙겼다. 그들 부부는 같은 침대를 쓰지 않았다. 두 대의 컴퓨터가 안방을 차지했기 때문에 남편은 서재로 갔다. 그녀는 침대 옆에서 번들거리는 컴퓨터의 푸른 불빛 때문에 신경이 거슬려 비몽사몽 헤매다가 겨우 잠이 들었다.

– 사모님, 아직 안 일어났어요?

가사도우미가 노크하는 소리였다. 그녀는 헝클어진 머리를 뒤로 모아 고무줄로 묶었다. 허기가 밀려와 갑자기 짜증이 솟구쳤다. 잠들었다가 깨어났을 때, 아무도 없다는 공허감은 허기로 돌변했다. 고3 아들은 기숙사에 있어 얼굴 보기도 힘들었다. 가야금 전공을 시키려 했으나 남편의 반대가 심했다. 국악으로 밥 먹고 살 수 없다는 것이었다. 남자가 무슨 가야금 연주냐고 오백만 원짜리 가야금을 부숴 버렸다. 굶어 죽고 싶냐, 소리 질렀다. 고2 겨울방학 때, 아들은 남편과 협상했다. 대학만 들어가면 그땐 취미로 해라. 아들은 남편에게 설득당했다. 그녀는 재능있는 아들을 생각하면 속이 상하고 자꾸 허기졌다. 허기는 수제할 수 없는 분노로 돌변했다. 허기는 아귀처럼 입을 벌리고 그녀를 돌변시키기도 했다.

― 커피 좀 줘요.

그녀가 방문을 열고 나갔을 때 도우미는 주방으로 돌아간 뒤였다.

― 예. 준비됐어요.

그녀는 잠옷 바람으로 소파에 앉아 모닝커피를 마셨다. 커피를 마실 때, 그가 떠올랐다. 소장 말로는 그의 아내가 한사코 배선생, 그녀의 연락처를 알려달라고 해서 곤란하다는 것이다. 오싹, 소름이 돋았다. 밥 먹고 커피 마시고 전화 통화 한 것이 전부였다. 다른 나쁜 짓은 하지 않았다. 잘못 낚인 건 아닐까. 그녀는 손가락 하나 움직이지 못할 정도로 지쳐있었다. 이혼소송 중에 있던 그의 아내가 그를 찌른 사건은 소름 끼쳤다. 생각만 해도 머릿속이 복잡했다. 아들의 가야금 선생이었던 그에게 주식을 가르쳐 준 것이 전부였다. 자칫하면, 부적절한 관계가 될 뻔했다. 불행 중 다행이었다. 그는 내게 작정하고 접근한 것인가. 위자료 대신 아파트를 분할하는 과정에서 그의 아내가 격분했다고 했다. 가벼운 싸움이었다. 그는 경미한 자상을 입어 입원 중이었고 오피스텔에서 벌어진 부부 싸움은 보도되지 않고 조용히 처리되었다. 아슬아슬한 시점이었다. 그의 아내가 오피스텔 부근에서 그들을 지켜보았던 것을 전혀 알 수 없었다. 그녀가 그를 마지막으로 만났을 때, 니트 올을 빼내려 몸을 구부린 순간, 흰 차이나칼라 셔츠 속, 강인한 등허리에서 강렬한 유혹을 느꼈다. 그의 가늘고 긴 손가락에 숨겨진 맑고 청아한 가야금 소리를 떠올리면서 그녀는 흥분을 겨우 참았다. 천만다행이었다. 그가 조금만 더 강하게 끌어당겼다면, 그녀는 그의 오피스텔 현관 입구에 신발을 벗어두었을 것이다. 그녀는 안도의 한숨을 내쉬었다. 짜증이 났다. 왜 다들 나한테 덤벼들고 난리야. 그녀는 마지막 남은 한 모금의 커피를 혀로 음미하며 텔레비전 전원을 눌렀다.

　－ 오늘 뉴욕 증시는 미국의 재정절벽이 완화되면서 상승 출발했습니다. 이날 오전 9시 45분 현재 뉴욕증권거래소에서 다우 존스 산업평균지수는 지난 주 종가보다 128. 86포인트 올랐습

니다. 이로써 재정절벽 위기 타개를 위한 미국 백악관과 의회 간의 1차 협상이….

− 증권사 직원 말이야 며칠 전, 날 불렀어. 술이 떡이 돼서. 뭐라 횡설수설하는 것이, 암만해도 다 잃었다 싶었지. 그 여자, 주식 고수라더니 우리 사기 당한 거 아닌가?

− 긍정적으로 마무리됨에 따라 투자심리가 징싱직으로 돌아섰습니다.

− 뭐라고, 개인지도 한다고? 우리한테는 재수강비 백만 원 입금하라고 문자 돌리고. 이런 개 같은 경우가 어딨어? 주식으로 벌고, 강의로 벌고, 개인지도 하고. 완전 돈벌레잖아!

− 돈, 돈, 돈 정말 왜 그래? 거지 근성이 깡통 차게 한다고 했잖아요?

− 선생님, 저는 취미생활 할라고 주식 배우는 거 아닙니다. 참말 너무하시네. 누구는 실계좌 터서 깡통 차게 만들어놓고, 어떤 놈한테는 통장에 직접 수익 계좌 만들어 입금까지 해줘. 이거, 이러시는 거 아닙니다.

− 지금 투자회사 창립하려고 종잣돈 만듭니다. 오해 마시고 믿어주세요.

그녀는 정말로 잘해보려고 노력했다. 그와 소장과 그녀, 셋은 서로에게 필요했다. 그들은 더 많은 강좌를 단계별로 개설할 생각이었다. 수강생들 한 명 한 명이 현금자산이었다. 그들 중 몇은 잘만 가르쳐 놓으면 고수익자가 될 수도 있었다. 자신 있었다. 잘만 풀리면, 인베스트 회사의 주주들로 만들어줄 수도 있는데 말이야, 신용을 담보로 엄청난 돈을 함께 벌 수 있었는데 그것이 아쉬웠다.

– 가난한데다가 멍청하기까지. 의심 많은 인간들… 구제불능이야.

그녀가 분이 난 듯 소리 질렀다. 멀찌감치 서 있는 가사도우미가 놀란 얼굴로 그녀를 쳐다보았다.

– 미국이 저렇게 달러를 막 찍어내면 화폐가치 떨어지고, 우리하고 중국은 죽어나는 거지.

그녀가 커피잔을 찻잔 받침에 탁, 소리나게 내려놓았다. 가사도우미가 식탁의 맨 끝자리까지 다가와 있었다.

– 사모님, 저기 저….

가사도우미가 그녀에게 말했다.

– 무슨 일인데?

– 저기… 급해서 그러는데, 돈 좀 빌려주실 수 있나 해서요.

그녀가 단번에 인상을 찌푸렸다.

– 무슨 돈? 없어.

그녀의 거절은 잘 벼린 칼처럼 예리했다. 가사도우미는 당황했으나 꾹 참고 다시 물었다.

– 꼭 갚을게요.

그녀는 냉담한 표정을 풀지 않았다. 가사도우미는 자신도 모르게 이를 쏙, 악물었나. 꼭 쥔 주먹에 힘이 들어가면시 몸을 부르르 떨었다.

– 아들이 사고를 쳐서요. 삼백만 원이 부족….

그녀가 경제신문을 탁, 소리나게 던졌다.

– 아줌마, 돈 이야기 그만해. 나, 돈이라면 지긋지긋해. 다들 나만 보면 왜 돈, 돈, 돈!

그녀는 발악하듯 울부짖었다.

–사모님, 한 번만 부탁해요.

또 조울증이 도졌구나. 가사도우미는 얼굴을 애써 태연하게 하면서 말했다.

– 아니, 정말 없다니까.

– 꼭, 갚을게요.

가사도우미는 얼굴에 잔주름이 깊어 실제 나이보다 훨씬 늙어 보였다. 그녀는 귀찮은 표정을 감추지 않은 채 소파에 등을 기댔다. 몸집이 큰 가사도우미가 식탁 앞에서 움직이지 않았다. 잠시 침묵이 흘렀다. 그녀는 조금 두려워졌다.

— 그럼, 계좌번호 적어놓고 가. 삼백만 원은 없어. 그 대신, 삼십만 원 그냥 줄게. 안 갚아도 돼.

가사도우미는 모멸감을 느꼈다. 이 여자는 아픈 여자다. 파트 타임으로 이만한 직업도 없다 싶어서 내색하지 않고 2년을 묵묵히 일했다. 시급이 조금이라도 오르길 기다렸으나 주인여자는 여전히 모른 척했다. 도우미는 일이 까다롭지않는 이 집을 그만 둘 생각은 없었다. 주인남자는 거의 식사를 밖에서 해결했다. 아이들이 없는 집안이었고, 주인여자는 청결을 따지지도 않았다. 입에 맞는 반찬들 몇 가지만 있으면 된다, 했다. 청소며 빨래며 청소기와 세탁기가 있어 어렵지도 않았다. 진짜 심각한 환자야. 도우미는 애써 그리 생각했다. 우울증과 대인기피증을 겪는 여자의 비위를 맞춰가며 살림을 해줬다. 매일 주식으로 큰돈을 번다는 것도 알았고 그렇게 번 돈을 어디에 쓰는지도 알았다. 도우미는 고개를 숙인 채, 작은 목소리로 말했다.

— 고맙습니다.

— 나 피곤해. 알았으니 오늘은 그만 가 봐.

반말에 익숙한 도우미는 앞치마와 고무장갑을 벗어 에코백에 집어넣으면서 양미간을 찡그렸다. 웃기면서도 서글픈 심정을 겨우 조절하는 중이었다. 주인여자가 거짓말에 속는 게 신기했다.

그녀는 찰칵, 현관문이 잠기는 소리를 들으며 안심한 듯 아함, 기지개를 켰다. 매일 혼자 먹는 한 끼의 밥이었다. 도우미가 만들어놓은 꽃게장 등딱지에 밥을 비벼 콩나물을 입에 우적거리면서 먹었다. 그러다 컥, 했다. 화장실로 달려가 변기 속에다 토사물을 꾸역꾸역 토해냈다. 세면대에 물을 틀어놓고 세수했다. 억지로 꺽꺽 울었지만, 눈물은 나오지 않았다.

― 지연이가 미국에 정착하려면 집 먼저 구해야 하니까. 우선 네가 좀 보내줘야겠다. 나머지 이민자금 말이다. 얘가 왜 이래? 너, 내가 시키는 대로 해서 안 된 게 있었니? 대학 졸업하자마자 돈 들여서 주식 배우게 했고, 지지리도 못생긴 너, 결혼도 시켜줬고. 그것도 말이야. 네 남편이 처음엔 지연이를 맘에 뒀어. 그거 알아야지! 지금 네가 그나마 사모님 소리 듣고 사는 거, 다 내 덕이야. 서울에서 주식 배울 때, 투자한 게 얼마냐? 집세에, 생활비에, 성형수술까지 해주고. 엄마가 얼마나 투자해줬는데, 이제 왜 이래, 애가? 재능 있는 동생 뒷바라지하는 게 뭐가 힘들다고? 네 남편, 그나마 돈 끌어모으는 네 능력 보고 사는 거야. 딴소리 말고 내일까지는 꼭 송금해라.

그녀는 아이패드를 꺼냈다. 자주 쓰는 계좌를 클릭해서 친정 엄마의 계좌에 삼천만 원을 입금한 후, 클릭했다. 어제 입금된 금액까지 전부 보냈다. 그녀의 돈은 손바닥의 모래처럼 어느새 빠져나가고 없었다. 남편의 산부인과도 출산율이 낮아 이미 내리막길이었다. 병원은 갈수록 적자에 시달렸고 그녀의 편두통 또한 더욱 심해졌다.

오후 늦게야 핸드폰이 처음으로 울렸다.

– 네. 여보.

– 나, 오늘 못 들어가. 친구 부친상이라 대전까지 가야 해. 밥은 먹었어?

남편의 말투는 유난히 다정했다.

– 네.

– 그래, 문단속 잘하고 자. 봐서 새벽에라도 올 수 있으면 올게.

남편의 뒷말은 형식적으로 덧붙이는 것 같았다.

– 걱정하지 마세요.

남편이 툭, 전화를 끊자 그녀는 울분이 차올라 휴대폰을 바닥에 내던졌다.

– 위선자. 가식덩어리!

그녀는 베란다 화분 쪽으로 갔다.

– 도대체 이 아줌만 물을 언제 준 거야? 다 죽어가네. 물도 안 주고. 이 아줌마. 못 쓰겠어. 그러면서 돈을 빌려달라고. 정말 기막혀 죽겠네. 나이가 몇인데 여태껏 지지리 궁상이야? 이해가 안 돼.

그녀는 수도꼭지를 틀어 화분을 저격하듯 물줄기를 강하게 내리쏟았다. 다육이는 물을 자주 줄 필요가 없는 식물이었다.

*

소상공회의소 주식 강의실에서 수강생들 몇이 웅성거리고 있었다.

– 이런 경우가 어디 있어요? 전, 선생님 믿고 투자했는데요.

전업주부는 울상이었다.

– 오늘 단단히 착오가 생겼습니다. 선생님이 휴가 중인지 통화가 안 되네요. 저, 어쨌든 선생님 강의는 실투자에서 유리하다니까요. 모의투자가 중요한 것이 아닙니다. 우리는 어쨌든 돈을

벌어야 하잖아요. 그래서 족집게라는 거예요. 아, 창업 강의실 보세요. 창업한다고 모인 사람들 말입니다. 백날 열심히 강의 들어봤자 창업해서 어느 세월에 돈 만집니까? 그 사람들, 일억 정도 투자해서 한 달 수익 얼마나 올리는지 아시죠? 연봉 이천만 원도 못 되는 돈 만지다가 결국 망하고 나가떨어집니다. 그게 지금 자영업, 창업의 현실이죠. 근데 여러분은 다르죠. 종잣돈 이백으로, 단번에 오백 건집니다. 선생님 말씀 기억하시죠? 지금은 때가 아니랍니다. 적어도 육 개월은 연습을 하고 실투자 필드에 나가야죠. 우리는 그때, 돈을 버는 겁니다. 현금 말이죠. 그것이 목적 아닙니까? 오늘은, 일단 그렇게 알고 계세요. 3기 강의는 무료니까 제가 따로 문자로 연락할게요. 전혀 마음 상하실 것 없다니까요. 기다리세요. 우리는 같은 배를 탔다는 것만 명심하십쇼.

수강생들은 소장을 믿었다. 언제나 웃는 얼굴에 풍채가 좋았으며, 달변가였다.

— 그 말이 맞긴 해. 돈만 벌면 되지. 근데, 강의 들어보니까 귀에 걸면 귀걸이, 코에 걸면 코걸이더라. 원래 말이 좋은 여자 같았어요.

핸드폰 영업사원이 말했다.

- 실투자 하다가 욕심부리면 망한다는 이야기 누가 못합니까, 안 그래요?

전업주부는 그날 아침에 접속했다가 이백만 원의 현금을 날렸다.

오늘은 휴강이었다. 강의 시간마다 그녀에게 커피를 바치던 증권사 직원이 슬그머니 노트북을 챙겨서 밖으로 나갔다. 다른 사람들도 어딘지 기분이 꺼림칙해서 소지품과 노트북을 챙겼다. 문인화가는 허탈한 표정으로 소장에게 어색한 웃음을 지으며 밖으로 나갔다. 다단계 중년 남자의, 미래 수익과 부푼 희망은 다음 주로 연기되었다.

그녀는 식탁 위에 있는 꿀단지를 물끄러미 쳐다보았다. 꿀단지가 놓인 쪽으로 개미들이 일렬종대로 모여들고 있었다. 꿀단지는 거의 바닥이었다. 그녀는 꿀단지를 열고 꿀 한 숟가락을 떠냈다. 입으로 가져가려다가, 꿀단지 옆으로 기어드는 개미들 위로 흘렸다. 꿀이 주르르 흘러내렸다. 개미들이 허우적거리며 꿀 속에서 버둥거렸다. 무표정한 그녀가 비웃음 같은 표정을 흘렸다. 질서정연한 개미 행렬 위로 꿀을 주르르 흘러내리자 선두를 잃은 개미들이 방향을 잃고 우왕좌왕 어찌할 바를 몰랐다. 당황한 개미들이 흩어져 도망치거나 꿀 속에 빠져 죽었다.

그녀는 베란다로 나가 20층 아래를 내려다보았다. 까만 허공이었다. 고개를 들어 하늘을 쳐다보았다. 하늘은 달이 없는 어둠 속이었다. 허공으로 손을 내저어보았다. 찬바람이 손에 잡혔다.

— 난 조용한 당신이 좋았어. 말 수도 없고, 게다가 영리한 여자잖아.

그녀는 남편의 그 말에 결혼을 결정했고, 그 말에 매달려 살았다. 그러나 어느 순간 손에서 모래가 빠져나간 듯, 삶이 스르르 자신에게서 빠져나가고 있는 것만 같았다. 비행기의 붉은 불빛이 어둠 속에서 번쩍거리다 사라졌다. 베란다 유리창에 비스듬히 매달려 있던 그녀는 번쩍, 정신을 차렸다.

— 꿀을 먹고 잠을 자거라. 달달한 것을 먹어. 편안히 잠들 수 있단다. 잠도 꿀 같이 달게 잘 수 있단다.

수면제 중독으로 병원에 실려 갔다가 퇴원했던 날, 엄마가 핸드폰 속에서 말했다.

그녀는 시선을 거실로 돌렸다. 거실의 빛은 고요하고 창백했다. 안방 문을 열었다. 대형컴퓨터 두 대에서는 주식시장의 현황판에서 양봉과 음봉이 기민한 동물의 움직임처럼 빠르게 치솟았다가 내려갔다. 주식시장은 수익과 손실을 반복하고 있었다. 지금 개미들은 끝없이 요동치고 있을 것이 분명했다. 난 죽지 않아. 내겐 주식이 있잖아. 개미들이 있어. 날 필요로 하는 사람이 있어. 주식시장이 있는 한, 난 그들에게 우상이지. 그녀는 눈을 희번덕거리며 먹이를 노렸다. 시세 변동에 따라 움직이는 막대들은 우왕좌왕 판단이 서지 않는 개미들이거나, 남은 먹이를 노리는 하이에나 무리였다. 그녀는 안경 속의 눈을 빛내며 마우스를 움켜쥐더니 잽싸게 매도장에 들어가 클릭, 했다. 그녀의 웃는 표정은 먹이를 낚아챈 한 마리 잔인한 맹수 같았다.

빛의
감옥

그녀는 창가에 서 있었다. 그녀가 유리창 바깥을 내다보고 있는 것을, 사무실의 그 누구도 신경 쓰지 않았다. 출근 시간 무렵이었다. 그들은 화장실을 오가거나 커피를 마시거나, 샌드위치 한 쪽을 꺼내 먹기도 했다. 아무도 그녀를 아는 척하지 않았다. 파티션을 사이에 두고 각자 제 일을 하는 모양이었다. 교육팀장 박이 일어서서 커피포트에 생수를 붓고 코드를 꽂았다. 물 끓는 소리가 들렸지만, 아무도 신경쓰지 않았다. 박은 커피잔에 뜨거운 물을 붓다가 그녀가 그때까지 창가에 서 있는 것을 보고 곧 눈길을 돌렸다.

그녀는 뒤를 돌아 제 자리로 갔다. 서류 가득한 책상 아래에 처박힌 의자를 끌어다 가만히 앉았다. 무엇을 먼저 해야 할지 알 수 없었다. 파티션을 사이에 두고 네 사람이 한 팀으로 앉아 있었다. 한참 동안 앉아 있던 그녀는 낮게 흐느끼기 시작했다. 울음소리는 사무실 안의 공기를 잠깐 흔들었다가 재빨리 사라졌다. 그녀의 내면에서 출렁거리는 파도 같은 울음이 사무실의 무감각한 공기를 다시, 흔들었다. 그녀는 신음 같은 긴 한숨을 공허하게 내뱉었다.

그녀의 신음은 사무실 입구 복사기의 종이들 속에 머물러 숨었다.

*

—사건의 열쇠는 그 비정규직이 쥐고 있어.

박이 직원들에게 말을 흘렸다. 그들은 사건 열쇠를 그 비정규직이 쥐고 있대요, 라고 차를 마시거나 식사 중에 언뜻언뜻 퍼프렸다. 그중 한두 명은 의도적으로 그녀를 흘낏거리면서 쳐다보거나, 무관심한 척했다. 그녀는 사건의 중심에 던져진 셈이 되었다. 죽음의 최초 목격자는 필연적으로 용의선상에 오르거나 죽음의 제공자가 되기도 한다.

　－그냥 입을 다무는 게 좋을 거야. 그래야 모두 무사하지, 안 그래? 정, 힘들면 잠시 휴직계를 내고 기다리면 더 좋고.

　법의 목소리가 지나치게 부드러워서 잔뜩 긴장했다.

　－아무에게도 말하지 않겠습니다.

　그녀가 고개를 들었을 때, 장대같이 큰 그가, 네이비색 정장에 체크무늬 넥타이를 한 그가, 멀찌감치 서서 슬픈 얼굴로 그녀를 내려다보는 것 같았다. 깜짝 놀라 눈을 크게 떴다. 아무것도 보이지 않았다. 그는 그녀에게 조금 관대했을 뿐이다. 그 둘은 상사와 부하직원 이상의, 아무런 관계가 아니었다.

　교육팀장 박은 법에게, 원장과 그녀의 관계에 대해 확신을 갖고 소상히 말했다. 박의 진술대로라면, 그들은 처음부터 부적절한 관계였다. 박은 원장의 자살은 개인적인 문제인 것 같다, 고 덧붙였다. 그녀의 이력은 지방대 출신으로 취업이 되지 않아 전전긍긍하다가 남주문화재단에 원서를 낸 후에 합격이 되었다. 필기와 면접시험에서 통과된 것은 운이 좋았다. 배경이 좋은 것도 아니고, 추천을 받을 만한 인맥이 있는 것도 아니었다. 직원들은 뒤에서 수군거렸다. 인맥과 스펙이 좋은 사람들도 면접에서 떨어졌는데, 너무 이상하다고, 신경을 곤두세웠다. 이건 낙하

산도 아니고 무슨 냄새가 나지 않아? 맨 먼저, 박이 말했다.

행정팀장 윤은 재단 내의 실세였다. 법이 조서를 꾸밀 때, 윤은 육하원칙에 의해 최근 원장의 상황과 심중에 대해 상세하게 살을 붙여 말했다. 조사받던 직원 중 유독, 그녀만 겁에 질려 있었다. 박과 윤의 진술대로, 법은 원장의 사체를 처음 발견한 그녀에게 소환장을 발송했다.

—정말 모르는 일입니까.

이차 진술 때, 그녀는 고개를 단호하게 저었다.

—그건… 거기에 대해서, 저는 아무것도 몰라요.

—원장과 아무 관계가 아니라는 것도 증명할 수 있지요?

—네.

—어떻게요?

법이 비웃는 얼굴을 하면서, 지역구 국회의원의 이름을 거론한다면 신상에 문제가 생길 것이라고, 그녀의 귓전에 대고 나직하게 말했다.

그녀는 넋이 나간 듯 허청거리며 걸었다. 허청거리는 걸음은 점점 무거워졌다. 몸이 땅 밑으로 꺼지는 것만 같아 재빨리 걸음을 옮겼다. 몸 아래 땅이 내려앉았다. 알 수 없는 일이었다. 그녀가 걸어간 자리마다 땅이 꺼져버린 흔적이 생겼다. 공룡 발자국

화석처럼 깊고 단단히 패여 있었다. 그녀의 걸음은 어쩐 일인지 제자리에서 조금도 나가지 못한 채였다. 해가 지쳐 노을이 되었을 때, 그녀는 길고 가느다란 그림자를 모래주머니처럼 질질 끌면서 걸어가고 있었다. 뼈가 피부 바깥으로 튀어나올 듯 깡마른 몸은 지친 낙타처럼 힘겨워 보였다.

법의 조사가 끝났다. 여러 자료를 참고한 결과 그녀는 사건과 관계가 없다, 고 법이 결론지었다. 부검도 끝났다. 원장의 사인은 일산화탄소 중독으로 인한 질식사라고 최종 결론이 났다.

윤은 보도자료를 작성했다. 사건은 보도자료 속에 비교적 잘 기록되었고, 진실은 커피잔 속의 설탕처럼 녹아버렸다.

10일 오전 10시께 남주시 월악리 모 아파트에서 이수재 (42) 남주문화재단 원장이 숨겨있는 것을 직원 C씨(32)가 발견했다. C씨는 원장님이 출근하지 않아 관사에 가보니 현관문이 잠겨 있었다고 했다. 발견 당시, 사건 현장은 갈탄 10개가 든 화로가 방안에 있었고, 방안 유리창 창틀이 모두 청테이프로 가려져 있었다. 경찰에 따르면, 이 원장이 인건비 횡령과 문화재단 지원금 횡령, 특정업체로부터 리

베이트를 받았는지 내사 중이었다고 밝혔다. 내부고발자가
익명이었고, 충분한 증거자료가 없는 상황으로 아무도 이
원장에게 직접적으로 압력을 행사하거나 문제 삼았던 사실
은 전혀 없었다고 해명했다.

부검 결과, 질식사로 판명이 났다. 이 사건은 원장의 우
울증으로 인한 극단적 선택이라고 직원늘의 진술을 받아들
인 경찰이 결론지었다.

윤은 기자들의 이메일 주소로 보도자료를 발송했다. 기자들
이 직접 취재하러 오지 않았기 때문에 중앙지와 지방지의 사회
면 기사는 내용이 거의 비슷했다. 성의 없는 중앙지 기자는 국가
공무원인 기관장의 죽음을 지역소식 하단에 단신으로 처리했다.
남주일보 사회면 하단에는 비교적 자세하게 보도되었다. 어떤
신문은 부고란에 더욱 간단히 생략하기도 했다.

직원들은 함부로 입을 열지 않았다. 그들은 원장의 죽음과 상
관없이 자신이 맡은 업무에 최대한 성실히 임했다. 흉흉한 사건
은 지나치게 빠른 침묵 속으로 사라졌다. 모두 암묵적으로 약속
한 것 같았다.

ㅡ검찰이나 경찰, 오라가라 전화 땜에 스트레스 받았죠? 업무

에 지장이 많다는 건 내가 더 잘 알죠. 잠시 쉬는 게 어때요? 좋을 대로 해요. 강요하지는 않으니까.

윤이 그녀에게 휴직계를 권했다.

―알아서, 그만두는 게 좋지 않겠어요?

박은 팀장회의에서 논의된 사안이라고 말하면서 비교적 단호한 어조로 말했다. 그녀는 대답하지 않았다. 죽은 원장은 재단의 터줏대감 격인 박의 무성의한 일 처리에 불만이 많았다. 박은 원장을 무시하면서 근무 중에 자리를 비우기 일쑤였다. 사무실 내에서는 여직원들과 지나치게 수다를 떨었다. 원장은 인공정원에서 박과 여직원 김의 스킨십 장면을 보았다. 박의 눈과 마주쳤을 때 인상을 찌푸린 채, 계단을 내려왔다. 그날 이후, 박은 젊은 원장의 있을 법한 사생활과 있을 수 있는 비리사항을 스토리로 만들어 공기 중에 바이러스처럼 퍼뜨렸다. 다른 직원들은 박의 말에 동조했다. 그들은 2년의 임기를 채우고 떠날 원장보다 정규직 팀장 박의 눈치를 보았다.

법이 참고인 조사를 다시 시작했다.

―이건 어차피 형식이니까…. 이번에, 다른 사람의 제보가 들어왔어요. 원장이 청탁 건으로 스트레스가 컸다는데 다시 아는

대로 답변을….

　─저는 아무것도 아는 바가 없습니다. 저와는 상관도 없고요.

　법의 말이 끝나기 전에 그녀는 대답했다. 다리가 후들후들 떨렸다. 법이 만족한 듯 느긋하게 웃었다. 원장이 인사청탁 문제로 지역구 국회의원과 갈등이 있었을 때, 원장의 최측근인 그녀가 사실대로 말하지 않겠다는 다짐을 받은 뒤였다, 은밀하게. 법은 그녀를 믿어 의심하지 않았다.

　─당신이 사건의 진실을 정확히 알고 있을 거라고, 다시 조사해달라는 제보가 들어왔어요.

　─제보라니요? 그 사람, 정말 누군가요!

　그녀가 소리를 질렀으나 목소리는 입 바깥으로 나오지 않았다. 소리를 잃은 목소리는 혀끝에 멈춰 있다가 목구멍 안으로 기민하게 착, 달라붙었다. 그녀는 또 다른 법의 목소리를 떠올렸다. 사실을 말하면, 어떻게 되는 줄 알죠? 목구멍이 간질거렸다. 간질거리며 자꾸 새어 나오려는 소리를 그녀는 마른기침으로 대신했다.

　─나도 알아요. 그런데 당신과 원장은 여전히 의심을 받고 있어요….

　법이 동정조로 말했다.

-지난번에 말씀드린 그대로…입니다.

급히 말하려다, 더 크게 벌어지려는 입을 그녀는 제 손으로 꾹 틀어막았다. 사실, 그 국회의원의 폭언과 협박 때문에…, 대답 대신 생수병을 들어 바짝 마른 목구멍 안으로 들이부었다.

사건이 일어난 날, 원장의 출근이 늦어지자 그녀가 원장의 핸드폰 번호로 전화를 했다. 원장은 한 시간 동안이나 받지 않았다. 아침마다 차를 끓여 원장실로 들어가던 그녀는 걱정이 되었다. 재단 관용차 기사는 다른 일로 자리를 비웠다. 열 시가 되었다. 박은 출장 가는 길이라면서, 그녀를 원장 사택 앞에 내려주고 떠났다. 무슨 일이 있으면, 사무실로 연락해요. 원장이 어떤 상태인지 확인해보지도 않고 바삐 떠나는 박의 얼굴은 긴장되어 보였다. 지방문화정책 거버넌스 사례발표자로, 제 일이 급하다고 했다. 그날, 원장의 사체를 목격한 사람은 단 한 사람이었다.

*

산 아래 남주문화재단 건물은 바깥에서 보면 타원형이었다. 바람이 심하게 부는 날이면 건물이 반대쪽으로 휩쓸려 이지러졌다가 황급히, 제 형태를 회복했다. 통로는 두 군데였다. 꽈배기처럼 꼬인 회랑은 입구가 어딘지 출구가 어딘지 가늠할 수 없었다. 처음 방문한 자들은 입구에서 헤매다가 다른 입구를 찾아보려고 헤매곤 했다. 바깥의 누군가, 건물 안으로 들어서는 방문객을 자세히 관찰한다면, 공룡 같은 건물이 사람을 단숨에 먹어 치우는 것처럼 보일 것이다.

가장 먼저 건물 안으로 들어서는 그녀는 공공기관 통근차가 너무 일찍 도착하는 바람에 청소용역업체 직원들보다 더 일찍 출근하곤 했다. 건물의 출입구는 미화팀장이 미리 열어두었다. 청소도구실에서 숙직을 하는 팀장은 아침 일찍, 건물 주변을 한 바퀴 순찰하다가 출근하는 그녀와 대개 마주쳤다. 매번 아는 척 하지 않고 긴 빗자루로 건물 입구를 비질하곤 했다. 길게 휘어진 일층 회랑을 또각또각 걷는 그녀의 발소리가 지나치게 날카롭고 크게 들리면 잠이 덜 깬 건물은 그제야 거친 눈꺼풀을 밀어 올리며 반짝, 눈을 떴다.

일층 전시실은 카펫이 길게 깔려있었다. 붉은 카펫은 동굴의 미로처럼 갈래갈래 휘어져 있었다. 어두운 전시실 안으로 빨간 지네들이 방향 없이 기어 다니다가 그녀가 전시실 스위치를 올리면 순식간에 사라져 보이지 않았다. 건물의 계단은 폭이 넓

172

고 높았다. 나선으로 휘어진 금빛 난간은 이물스럽게 느껴졌고 지나치게 번쩍거렸다. 이층은 구내식당이었다. 삼층은 원장실을 가운데 두고 사무실 창문들이 반달형 칼처럼 둥그렇게 휘어져 있었다. 외부에서 보면 파놉티콘처럼 휘돌아 중심으로 모이는 형상이었다. 삼층에는 방이 많아서 어떤 단체가 상주하는지 정확히 알 수 없었다. 길고 수상쩍은 이름의 철제 출입문은 완강하게 닫혀있었다. 삼층 유리창 바깥으로는 인공정원이 조성되어 있었다. 허브와 각종 야생초가 자라는 인공정원은 봄이 되어야 푸른 기운이 돌았다. 아무도 돌보지 않는 겨울 정원은 식물들이 죽은 듯, 칙칙한 빛깔로 음산해 보였다. 사층에는 재단과 상관없는 업체들이 방을 임대해서 쓰고 있었다. 오층에는 숙박 시설이 있었다. 숙박 시설은 공개되지 않았고 정체를 알 수 없는 귀빈들이 묵어갔다. 귀빈들은 밤에 들어왔다가 아무의 눈에도 뜨이지 않는, 다른 출구의 엘리베이터를 통해 사라졌다. 직원들은 오층 숙박 시설을 누가 사용하는지 상관하지 않았다. 남주시에서 빚으로 사들인 건물의 재정은 행정팀장인 윤의 소관이었다.

그녀는 누군가 따라다닌다는 느낌이 들어서 뒤를 돌아보고 멈칫거렸으나 아무도 없었다. 등 뒤에, 그가 서 있는 느낌이 들면 등골이 서늘해졌다. 사무실은 주로 닫힌 채였다. 내부 공기에 숨이 답답해지면 화장실로 향했다. 실내에서나 복도에서 낯익은 얼굴을 만나기는 힘들었다. 화장실에서 낯선 얼굴을 맞닥뜨릴 때, 그녀는 두려움을 느꼈다. 서로 아는 척을 하지 않았다. 화장실은 지나치게 칸이 많았다. 비어있는 칸에서 인기척이 들리면 무서웠다. 옆 칸에서 물 내려가는 소리가 끝나기 전에, 재빨리 손을 씻고 사무실로 향했다. 직원들이 자신을 의도적으로 피하는 것을 알았다. 그들은 책상 사이 좁은 통로에서 마주칠 때도 냉담하게 눈을 내리깔았다. 그들이 자신을 유령 취급하는 것 같아 화가 치밀었다. 탕비실에서 냉장고 안을 정리하고 있을 때, 그녀는 원장실 문 앞에서 네이비색 정장을 보았다. 숨이 콱, 막혔다. 마치 생시처럼 느껴졌다. 눈으로 그의 뒤를 쫓았다. 그는 원장실 통유리 바깥을 내다보며 서 있었다. 그녀는 손을 부르르 떨었다. 그가 천천히 뒤를 돌아다보았다. 햇빛이 환한 유리를 통과한, 그의 실체가 두려워 그녀는 자기도 모르게 뒤로 물러섰다. 온몸이 차갑게 굳어가는 듯, 공포가 그녀를 사로잡았다.

　―그 비정규직 말이야. 왜 다시 나온다니?

　―글쎄. 알아서 그만둬야지, 그게 맞지.

　문이 열린 행정실에서 들려오는 소리였다. 그는 어느 틈에 사라지고 없었다. 그녀는 미칠 것만 같았다. 공포 때문에 긴장된 몸이 돌덩어리처럼 굳어버린 느낌이었다.

　-뻔뻔한 것 같아. 사건이 그렇게 마무리되었다고 해도 말이야.

　-걔들이 원래 그래.

　-오래 가진 못할 거야. 스스로 사직서 내겠지.

　-그 비정규직, 진짜 눈치 없고 양심 없어.

　직원들은 그녀를 '그 비정규직'이라 불렀다. 다른 팀의 비정규직을 '저 비정규직'이라 불렀다. 그들이 만든 호칭이 정확히 누구를 지칭하는 건지, 그녀는 헷갈렸다. 육 개월이 지났어도 호칭에 적응이 되지 않아 점점 모욕감을 느꼈다. 그들도 대부분 계약직이었다.

　컴퓨터 자판에 왼손을 올리고 오른손으로 마우스를 꼭 잡은 채, 그녀는 몸을 부르르 떨었다. 뒤로는 파티션 안에서 수다 떠는 그들이 있었다. 원장이 없어선지 목소리가 더욱 높았다. 제 뒤통수에 눈이 있지 않아서 다행이라 생각했다. 터질 것 같은 심장 속에서 불이 저절로 타올라 머리끝까지 뜨거워졌다. 편두통이 시작되면서 머리가 깨질 듯 아팠다. 그녀는 화면을 뚫어질 듯 쳐다보고 있었다. 박이 맡긴 업무가 지나치게 많아 어디서부터 해야 할지 도무지 일이 손에 잡히지 않았다.

퇴근 시간이 한참 지나서야 그녀는 의자에서 일어났다. 그들은 일에 열중하고 있었다. 근무 중에는 잡담을 하거나 간식을 먹는 등 한가로이 있다가 퇴근이 임박해지면 고개를 처박은 채, 모두 자리를 지켰다. 그들은 수당이 나오는 야간 근무를 하느라 밤열 시 이후에 손가락을 지문인식기에 집어넣을 것이다.

—먼저 퇴근할게요.

그녀가 가방을 어깨에 메고 일어서서 그들을 향해 인사를 했다. 아무도 대꾸하지 않았다. 철제문을 열고 나왔다. 냉담한 에어컨 공기에 등을 떠밀리듯 나오며 문을 재빨리 닫았다. 후끈거리는 외부의 열기가 그녀의 앞을 가로막았다. 엘리베이터 앞에 섰을 때, 윤이 엘리베이터 안에서 나왔다. 윤은 그녀를 보더니 웃을 듯 말 듯 애매모호한 표정을 지었다.

—먼저 퇴근합니다.

윤은 미소를 흘릴 뿐, 대답하지 않았다. 윤의 입꼬리는 위로 살짝 올라가 있어 언제나 웃는 인상이라는 것을, 그녀는 최근에야 알았다. 리프팅 시술 때문이었다. 가짜 비리를 만든 건 윤의 짓이 아니었을까. 내부고발자는 원장의 뇌물수수를 조작해 남주일보사에 제보했다. 그녀의 능력으로는 알아낼 수 없었다. 윤을 의심했지만 증거는 없었다.

그녀는 엘리베이터 안의 죽은 공기 때문에 숨이 막힐 것만 같았다. 엘리베이터 바깥, 일층 출입구 쪽으로, 튕기듯 걸었다. 거대한 감옥을 빠져나오는 것 같아서 긴 심호흡을 했다. 일층 회랑의 흰 기둥에는 사진이 걸려 있었다. 어떤 여자의 뒷모습이었다. 정면을 짐작할 수 없는 사진을 지나치면서 뒤를 돌아다보았다. 사진이 그녀를 뚫어지게 보고 있는 것 같았다. 기묘한 기분이 들었다. 파티션 안에서 고개를 처박은 채 일하는 뒤통수들, 그들이 그녀를 다시 도마 위에 올려놓고 입방아를 찧고 있을 것이다. 언제부터였을까. 언제부턴가 뒷모습 사진이 그녀의 심정을 가시처럼 찌르고 있었다.

바깥에 서서 건물을 올려다보았을 때, 엘리베이터 안이 훤히 보였다. 윤이 다시 내려오고 있었다. 눈이 마주칠까 봐 급히 고개를 돌렸다. 원장은 재단의 인사와 업무가 윤의 손아귀에 있다는 것을 뒤늦게야 깨달았다, 고 그녀에게 말했다. 깨닫는 데는 그리 오래 걸리지는 않았다, 고 말했다. 오층 숙박 시설이 어떻게 운영되고 있는지, 윤이 입을 다물어서 전혀 모르겠다는 말도 했다. 가끔 지역 국회의원이 남주문화재단에 드나들었다. 언제나 윤이 원장실로 안내했으며, 그녀는 커피나 녹차를 준비해서 원장실로 가져갔다. 윤은 그 자리에 동석했다가 물러나곤 했다. 윤은 남주시의 토박이였다. 남주시 소재 대학교수들은 문화재단의 실세인 윤과 좋은 관계를 유지하려 했다. 윤을 통해 프로젝트의 정보가 흘러 들어갔고 지원금 액수가 새어 나갔다. 윤은 원장의 결정권까지 간섭했다. 직원들의 결재 서류는 모두 윤의 손을 통과해서 원장에게 올라갔다. 윤에게 원장의 모든 스케줄이 있었고, 재단의 재정과 업무가 있었다.

―다 끝났어요. 이제야 비로소 사건을 종료했습니다.

그녀는 법의 전화를 받았다. 사건은 원장의 우울증에 의한 자살로 확실하게 종결되었다. 원장의 비리를 고발한 내부고발자와 사건의 재조사를 요청한 내부자는 익명을 지켜달라고 했다는 것이다. 인사청탁과 뇌물수수 건을 제보했던 내부고발자는 꼬리를 감추고 죽음의 진실은 왜곡되었다. 그녀의 실어증을 참작해 재소환은 없을 거라고, 박이 아쉬운 듯 직원들에게 말했다. 그녀는 제 혀가 석고처럼 굳어버렸다는 것을 그제야 알았다. 심드렁해진 그들은 사건의 진실을 캐보자며 껌을 씹듯이 분분한 의견을 내세웠다.

남주문화재단의 차기 원장직은 공개 모집했다. 도청과 시청에서 심사관 네 명이 파견되어 투명하고 공정한 절차를 거쳐 신임 원장이 최종 결정되었다. 공명정대한 절차였다, 라고 윤이 말했다. 남주문화재단의 정책 결정은 여전히 윤의 소관이었다. 박은 오피스와이프 김과 함께 직원들 사이에서 마음껏 자유로웠다.

윤은 신문을 보는 틈틈이 박의 주변에 누가 머무는지, 어떤 언행으로 내부 갈등을 조장하는지 관찰했다. 윤의 눈은 바빴다. 결재 서류를 보는 눈보다 더 정밀했다. 박의 파티션 안에서 누군가를 윽박지르는 목소리가 들렸다. 윤은 신문에 눈을 고정시키면서 모르는 척했다.

그녀는 사무실 구석 자리 책상에 앉아 있었다. 전화 속, 박의 고함소리가 너무 시끄러워 진저리를 쳤다. 내선 연결 수화기를 책상 위에 놓고 화장실로 갔다. 변기에 살짝 앉아 있다가 요의가 없어서 물을 내리고 나왔다. 옆 칸에는 아무도 없는 것 같았다. 손을 씻은 후, 바싹 마른 입술에 립글로스를 바르고 천천히 돌아왔다. 사무실에서는 박이 전화기를 들고 소리를 지르고 있었다. 그녀는 책상 위에 엎어놓은 전화기를 들다가 멈췄다. 흥분된 박의 목소리, 돼지 멱따는 목소리를 서류철로 덮었다. 얼굴이 붉으락푸르락하는 박의 모습이 연상되었다. 그녀는 서류 파일에서 사직서를 꺼내 한참 들여다보다가 서랍 속으로 밀어 넣었다. 박이 그녀의 자리로 오고 있었다.

－업무일지, 왜 늦어. 몇 번째야!

그녀는 자리에서 일어났다. 의자에 앉아서 박의 거대한 체구를 마주 대하는 건 고역이었다.

－좀 전에 이메일로 보냈는데요.

그녀의 목소리는 너무 낮고 조용해 공기 중으로 흡수되었다.

－내 말은 지금 그게 아니잖나. 멍청하게, 일 처리를 어떻게 하길래 이따위야!

박이 다시 소리를 질렀다. 그녀는 분노를 감추며 웃는 표정으로 그를 가만히 응시했다. 그때, 박은 무언가 무서운 것을 본 사람처럼 갑자기 겁먹은 얼굴이 되어 황황히 자리를 떴다.

교육팀 연구원 김은 전임 원장의 글을 SNS에서 보았다, 일기에 가까운 고백체였다, 라고 직원들에게 말했다. 김은 원장의 페친이었다. 그녀는 원장이 남긴 글의 내용을 확인하고 싶었다. 김에게 SNS 친구를 요청했으나 거절당했다. 그녀는 김이 말한 사실을 확인하려 했으나 사실의 진위를 알 수 없었다. 그건, 가짜 정보야. 모두 김의 짓이 아니겠냐고, 교육팀 정규직이 쓰레기통에 휴지 던지듯 말을 던졌다. 김과는 친했던 목소리였다. 그 정규직이 질투하는, 김은 스펙이 좋았다. 김은 임시직으로 들어왔지만, 명색이 연구원이었다. 박사 출신이어서 학사 출신들과는 급이 달랐다. 어리고 키가 컸으며 예뻤다. 모두, 김의 정규직은 틀림없는 수순이라고 말했다. 그녀는 김에게 말을 붙여보려고 애썼다. 김의 전도유망한 미래를 생각하면서, 그녀는 우울했다. 나중에야, 김이 이 지역 국회의원의 조카딸이라는 것을 알았다. 직원들이 납득할 수 없는 인사이동이 빠르게 처리되었다. 김은 육 개월 만에 정규직이 되었다. 이해할 수 없는 낙하산 인사라고 직원들이 수군댔다. 전임 원장이 그토록 힘들어했던 인사업무가 신임 원장에 의해 간단하고 신속하게 결정되었다.

　지역구 국회의원이 남주문화재단에 나타났다. 그녀가 탕비실에서 차를 끓여 원장실에 들고 갔을 때, 미소를 띤 윤이 그녀에게 앉으라고 지시했다. 윤과 함께 저녁식사를 겸한 술자리에 동석했다. 몹시 불편했다. 그녀의 집은 버스로 한 시간 이상 걸리는 구도심이었다. 터미널에서 겨우 막차를 타고 집으로 돌아갔다. 그런 날 밤이면 어김없이 체하거나 위경련으로 고생했다. 그녀는 언제부턴가 부서진 장난감이 된 것 같았다. 통근차의 좌석마다 신도시로 출퇴근하는 사람들이 죽은 듯이 잠들어 있었다.

창의 커튼을 모두 내리고 머리를 의자에 기댄 채 비몽사몽을 오 갔다. 그녀는 사는 게 죽을 맛, 이라고 생각했다.

신임 원장이 핸드폰으로 그녀를 호출했다. 구석진 한쪽에서 혼자 밥을 먹고 있는 그녀는 조금 망설이다가 식판을 들고 일어 섰다. 직원들이 양쪽으로 늘어선 자리 맨 끝에서 겨우 음식을 삼 켰다. 체할 것 같아서 아주 조금씩 먹었다. 신임 원장이 식사를 마치자, 윤이 커피를 내왔고 그녀는 황급히 숟가락을 내려놓았 다. 커피를 마신 원장이 자리에서 일어났다. 모두 자리에서 일 어났다. 아무도 그녀에게 말을 걸지 않았다. 그들은 식당 밖 데 크에서 휴식을 즐기거나 운동센터로 내려갔다. 식당에는 청소용 역업체 아줌마들이 남아 뒤늦은 식사를 했다. 그녀는 오층을 청 소하고 내려오는 미화담당 들에게 일회용 커피를 종이컵에 내준 적이 있었다. 직원들의 출근 전이었다. 커피를 마시면서 명랑해 진 그들과 함께 까르르, 경쾌한 웃음을 날리기도 했다.
식당 바깥으로 나와 지하에 있는 운동센터까지 내려갔으나 지역주민들이 운동기구 하나씩을 차지하고 있어서 자리가 없었 다. 그녀가 타박타박 계단을 걸어 올라와 일층 전시관 안에 서 있었다. 누군가 어깨에 손을 얹었다. 신임 원장과 친밀한 사이인

화가가 친한 척, 웃었다. 그녀는 깜짝 놀랐다. 센서가 고장 났는지 구석진 곳에 불이 들어오지 않아 몹시 어두웠다. 꽁지머리가 지나치게 길어 얼굴이 지저분하게 느껴지는 화가였다. 늙은 화가가 그녀를 갑자기 덮칠 듯이 안았다. 급히 몸을 뺐으나 빠져나오기가 쉽지 않았다. 물컹한 살의 촉감이 징그러웠다. 그녀는 버둥거리며 겨우 몸을 빼내고 엘리베이터 쪽으로 달렸다. 깡마른 몸에서 식은땀이 물처럼 솟아 흘렀다. 처음 마주쳤을 때부터, 화가는 그녀를 훑듯이 쳐다보고는 느물거리며 웃었다. 그녀는 모멸감을 느꼈다. 지하에서부터 엘리베이터를 탔어야 했다고 후회했다.

신임 원장이 휴대폰으로 그녀를 호출했다.

—녹차!

녹차를 준비한 후 원장실로 들어갔을 때, 화가가 그녀를 보고 누런 이빨이 보이도록 웃었다. 소름이 끼쳤다. 그녀는 녹차가 든 찻잔을 양쪽 자리에 놓자마자 재빨리 나왔다. 원장실과 가까운 행정실로 갔으나 윤은 보이지 않았다.

—제가 급히 처리할 일이 있어서 그런데요. 원장실 뒷정리 좀 부탁해요. 꼭 좀 부탁해요.

행정팀 직원은 그렇게 하겠다는 건지 아닌지, 알 수 없이 조금 모호한 표정이었다.

그녀는 사층으로 올라갔다. 계단 맨 끝 테라스 바깥으로 나가 멍하니 호수풍경을 보면서 한참이나 서 있었다. 핸드폰이 울렸다. 신임 원장은 내선전화를 사용하지 않고 언제나 핸드폰으로 호출했다.

−이번 전시 리플릿 구성을 짜봐요. 나 화백이 최 선생에게 부탁하고 갔어요.

신임 원장은 끝음절을 물음표로 높이면서 그녀의 호칭을 최 선생, 이라고 처음으로 불렀다.

−네. 출판사 디자인팀에 맡기는 게….

그녀가 내키지 않은 입을 열었다.

−그건 비용이 너무 들어. 디자인이 썩 맘에 드는 것도 아니고. 최 선생이 좀 해야겠어. 전공이잖아. 나 화백, 생활이 좀 어려워. 내가 도와주지 않으면, 힘들지. 가난한 데다, 비굴하기까지 하고. 이왕 공짜로 전시해주는 거, 나 화백 마음에 들게 알아서 해주자고. 그 늙은이, 여태 내가 뒤를 봐주고 있는데 끝이 없어. 그래도 어쩌겠나? 내가 힘 있을 때, 사정 봐줘야지.

신임 원장을 거역할 수 없는 그녀는 점점 더 바빠졌고, 괴로웠다. 일층 전시실 관리와 함께 기획전시 작가 선정과 섭외, 전시비용 책정, 리플릿 제작, 전시실 도서관리 등등 업무가 많아 시달렸다. 매일 아침, 팀장인 박에게는 업무일지를 써서 이메일로 보고해야 했다. 박이 지시한 잔업을 하다가도 원장의 호출이 있으면 지체없이 달려갔다. 이중 삼중의 업무 때문에 피곤했다. 특별한 일이 없어도 신임 원장은 자주 호출했다. 업무와 잡무가 넘쳐 그녀는 거의 일감을 들고 퇴근했다.

박은 새로운 기획서를 써서 제출하라는 원장의 지시를 그녀에게 맡겼다. 그녀는 밤새 머리를 싸매면서 기획서를 썼다. 전시가 끝난 후, 검토한 서류에는 박과 김의 이름이 공동으로 올라갔고 전시비용 결재란에만 그녀의 사인이 들어갔다. 뒤늦게야 회계가 틀렸다, 고 경리과에서 호출이 들어왔다. 겁이 많은 그녀의 이마와 등골에 식은땀이 흘렀다.

*

주말이 되면, 그녀는 구도심 외곽에 자리한 납골당에 정기적으로 갔다. 전임 원장의 유골함이 그녀를 끌어당겼다. 죽은 원장은 유족들의 의견에 따라 화장한 후, 서울이 아닌 남주시에 안

치되었다. '하늘공원'이라는 허공 위 간판을 물끄러미 쳐다보았다. 원장은 서울 명문대 출신으로 같은 학교 출신 여자와 결혼해서 딸 하나를 두었으나 남주시로 첫 발령을 받고 내려와 의욕적으로 근무하다가 혼자 죽었다. 유족들은 몇 오지 않았고, 원장의 아내는 끝내 모습을 보이지 않았다. 직원들은 수군댔다. 그 소문이 사실이라니까. 그 비성규식, 얼굴에 철판을 낄있어. 그녀는 몸 안에서 피가 모두 빠져나가는 느낌이었다. 장례식장에서 돌아오는 길, 두 발이 땅에 달라붙어 떨어지지 않아서 거의 죽을 뻔했다.

그녀는 매점에서 조화로 만든 하얀 국화를 샀다. 입구 관리자에게 신분을 밝히고 방명록을 남겨야 했다. 잠시 망설이다가 사인을 했다.

지하로 내려가는 계단은 텅 비어있었다. 공기는 지나치게 싸늘했다. 지하 이층에 있는 원장의 사진은 면접관으로 앉아 있었을 때 보았던 첫인상과 달리 어둡고 쓸쓸해 보였다. 사진 속의 원장은 그녀에게 할 말이 많은 얼굴이었다.

아, 힘들다.

그의 목소리였다.

내 뜻대로 할 수 있는 일이 도대체 뭐가 있었나…. 뇌물이라니. 나는 결백해. 진실을 밝혀줘….

　그의 목소리가 공기를 진동시켰다. 그녀는 눈물이 쏟아질 뻔했다. 어느 아침, 홍삼차를 내갔을 때 원장실에서 교육팀 김이 고개를 숙이고 있었다. 다음날, 원장보다 일찍 남주문화재단에 도착했던 국회의원 입에서 욕설이 터져 나왔다. 당신, 니미럴, 정 이렇게 굴면 재미없어. 국회의원이 탁자를 내리치는 소리가 들렸다. 녹차를 준비하던 그녀는 뜨거운 물을 엎질러 손을 델 뻔했다. 늙은 국회의원이 원장실을 나가면서 그녀를 노려보았다. 다기를 받쳐 든 쟁반이 문에 부딪혀 바닥으로 굴러떨어졌다. 국회의원이 그녀를 위아래로 훑어보더니 의미심장하게 웃었다. 음험한 눈길이 피부에 독처럼 닿은 것 같아 소름이 돋았다. 국회의원이 나간 후, 윤이 원장에게 훈수를 두었다. 이 지역에서 살아남으려면 그렇게 해야 합니다. 그게 관행이죠. 서울에서 내려온 젊은 원장이 맞닥뜨린 첫 번째 인사청탁이었다. 원장은 처음부터 벽에 부딪혔다. 현직 국회의원의 청탁은 골치 아픈 압력이었다. 국회의원 조카 김은 신도심의 컨벤션센터에 근무했다는 가짜 경력을 제출했다. 원장은 위조 서류를 검토한 후, 인사에 문제가 있어서 시정하겠다고 김에게 말했고, 김의 친척 국회의원에게도 뜻을 굽히지 않았다. 국회의원이 의원실로 원장을 호출했다. 오후 늦게야 원장실로 돌아온 그의 얼굴은 새까맣게 변해 있었다. 그날 이후로 원장은 자주 창밖을 내다보았다. 창밖 호수에는 거위들의 움직임이 평화로운 그림처럼 보였다. 원장실 안쪽 창가에 장대처럼 서 있는 그의 뒷모습을 지켜보던 그녀는 심장이 터질 것만 같았다.

노지사가 원장의 목을 조였다. 익명성 투시의 내용은 사실이 아니었다. 각종 리베이트 사건에 뇌물 횡령 운운, 은 사실이 아니었다. 김의 위조된 이력서에 문제가 있다는 것을 알았던 행정팀장 윤은 모르쇠로 일관했다. 원장의 고민은 깊어졌다. 탕비실에 드나들었던 그녀는 가짜 비리를 만든 내부고발자를 찾아내려다가 자신도 모르는 사이에 원장과 가장 가까운 측근이 되었다. 윤 대신으로 원장의 스케줄을 보드에 기록하거나 지우는 동안, 원장의 사사로운 행동반경까지 알게 되었다. 알고 싶지 않았던 원장의 마음까지 기록할 뻔했다. 그녀는 아무것도 모른다고 법에게 말했다. 그 위의 법이 시킨대로 입을 다물어야… 한다…. 혀끝에 독극물을 묻힌 기분이었다. 법은 그녀의 딱한 처지를 알고 있었다. 당신이 해고되지 않으려면 쉿, 이라고 음험하게 웃었다. 그때, 모멸감을 느꼈다. 그녀는 가난한 집안의 유일한 가장이었다. 어떻게 해야 직장에서 살아남을지 알 수 없어 고민하다가 심하게 앓았다.

　그녀는 납골당 숲속, 햇빛 환한 벤치에 앉아서 오래 울었다.
원장은 자살로 자신의 결백을 주장하려 했을까. 뇌물수수 건은
그가 죽음으로써 수사가 종결되었다. 직원들은 의욕으로 넘쳤
던 원장의 자살을 굳이 기억하려 하지 않았다. 전임 원장은 직원
들의 혀끝에서 종종 존재를 드러냈으나 휴식 시간의 심심풀이에
불과했다. 죽은 자는 말이 없었고 쉽게 잊혀졌다. 매일 사십여
명이 자살하는 나라였다. 신문에는 잇따라 또 다른 자살 소식이
들렸다. 죽음의 소식은 흔했다. 타인의 죽음을 오래 애도하는 일
은 어리석었다. 정상적으로 살려면 빨리 망각해야 했다. 일상에
주어진 일을 제때 처리하기에도 벅찬 세상이었다. 일을 굉장히
열정적으로 하신 분이었죠. 안타깝습니다. 횡령이나 인사청탁이
사실 규명도 되기 전인데, 이런 일이 벌어져서 가슴 아프죠. 법
에게 말하는 윤의 가식적인 목소리가 떠올랐다. 자업자득이야.
뭐, 혼자만 정의로운 척하더니. 박의 빈정대는 목소리가 그녀의
가슴을 쳤다. 윤과 박은 매일 얼굴을 마주해야 할 사무실의 직원
들이었다. 햇빛이 가득한 벤치에 앉아 있었으나, 그녀는 눈앞이
캄캄했다.

전임 원장은 남주문화재단 내에서 완전히 잊혀졌다.

그녀는 남몰래 납골당에 가서 한참을 울다 돌아오곤 했다. 실어증이 낫기는커녕 심각해졌고, 귀에 심한 이명이 생겨 병원 치료를 받았다. 박이 공공연히 사직을 권유했으나 윤은 관여하지 않았다. 그녀는 끝내 사직서를 쓰지 않았고 계약 기간을 연상할 수 있었다. 직원들은 수군거렸으나 그녀 앞에서는 입을 다물었다. 뒤에서는 손가락질을 했고, 앞에서는 내색하지 않았다. 신임 원장과 윤은 그녀를 내칠 수 없었던 대신, 박을 통해 더욱 과중한 업무를 지시했다. 그녀는 업무를 처리하느라 무릎뼈를 철커덕거리며 바삐 뛰어다녔다. 제 쓸개를 씹어 먹고 사는 것처럼 괴로워진 그녀는 화장실에서 미친 여자처럼 혼자 울다가 웃었다. 그녀는 진실을 말할 수 없었다. 죄책감 때문에 숨이 막히곤 했다. 알고 있는 진실을 끝까지 토하지 않은 채, 입을 다문 그녀는 겨우 살아남았다.

긴 회랑을 돌 때, 원장실 문 앞에서 네이비색 정장의 그를 보았다. 인사청탁과 각종 위조서류를 철저하게 조사했던, 그의 얼굴이 떠올랐다. 눈앞에서 그가 사라지고 나면 몸이 땅속으로 깊이 가라앉는 것 같았다.

그녀는 마침내 정규직이 되었다. 평일에는 불면증으로 시달리다가 일요일이면 구도심의 작은 교회에 가서 참회의 기도를 했다. 매주 월요일이면 마음이 가벼워졌으나 우울은 계속되었다. 두꺼운 화장으로 환한 얼굴빛을 만들었고 옷차림은 화려해졌다. 직원들과 명랑하게 웃다가 무엇에 깜짝 놀란 듯, 습관적으로 뒤를 돌아볼 때가 있었다. 유령을 본 듯 두려운 표정이었다. 그녀는 가슴 통증을 호소하다가 병가를 제출하고 잠적하기도 했다.

그녀가 참석한 일박이일 워크샵의 단체 사진은 저물어가는 강을 배경으로 했다. 반사되는 강물의 빛 속에 던져진 채, 직원들은 함께 찍혔다. 그들 중 몇은 얼굴이 흐려 사람 얼굴 같지 않아 보였다. 사진마다 흐린 얼굴들이 좌우로 흔들리고 있는 느낌을 주었다. 사진 담당은 당황했다. 정면 얼굴을 찍은 게 분명한 어떤 사진은 모두 뒷모습으로 찍힌 채였다. 그들 중 한 사람은 심령사진처럼 투명하게 찍혀있었다. 가장 흐려 보이는 여자, 그녀는 웃는 표정인지 우는 표정인지 기묘한 얼굴이었다. 이상한 건, 그녀의 옆에 장대같이 기다란 한 줄기 빛이 비스듬히 서 있는 것이었다. 사진 담당은 단톡방에 사진을 골라서 올렸다. 이런 기이한 현상은 나도 이해할 수 없다, 고 글로 썼다. 날씨는 좋았는데요, 좋은 사진이 몇 장 없어서 죄송해요, 그런데 이런 사진, 괜찮은 작품 사진 같지 않아요? 라고 썼다.

그녀는 단톡방에 올라온 사진을 저장하고, 확대해서 보았다. 장대 같은 한 줄기 빛 속에 갇혀버린 채, 그녀는 전신이 투명하게 보였다. 소름이 돋았다. 놀란 그녀는 사진을 노려보다가 삭제하기, 를 선택하고 손가락을 눌렀다.

아무도
모른다

그녀는 베란다를 향해 고개를 돌린다. 베란다 유리창에 바짝 기대고 서 있는 그의 손에 담배가 있다. 담배에서 하얀 연기가 허공으로 흩어지고 있다. 제발 끊어요.

그녀는 잔소리를 하다가 흠칫, 놀랐다.

그는 없었다.

구급차에 실려 떠난 그 모습이 눈에 선하다. 뒤를 돌아보았던 그의 얼굴은 마스크에 가려 잘 보이지 않았으나 눈동자가 벌겋게 변해간다. 곧 울 듯한 그의 표정을 잊을 수가 없다. 슬리퍼를 신은 그의 맨발이 보인다.

운동화 신고 가요.

아, 그래.

그는 이마까지 내려오는 부스스한 머리카락을 뒤로 젖히고 있다.

근데, 몸살기가 쉽게 가시지 않아. 열이 나면서도 으슬으슬 춥네.

그가 회색 외투를 걸쳤고, 그녀는 평소에 신고 다녔던 갈색 운동화를 신발장에서 꺼내주었다. 그때, 그의 기다란 발가락들이 슬리퍼 바깥으로 긴장한 듯 딱딱하게 굳어있었다. 엄지발톱이 무좀 때문에 누리끼리해 있었는데, 변색이 된 발톱 색깔은 한층 초라해져 보였다. 그가 운동화 뒤축에 구두주걱을 넣으면서 그녀를 향해 미소를 지었다. 애써 평상심을 가장한 어정쩡한 표정, 웃을 듯, 반쯤은 울 듯했다. 잔기침이 터져 나와 그가 마스크를 쓴 입을 손으로 막았다.

괜찮겠지?

염색을 하지 않은 머리카락 잔뿌리들은 현관 센서 아래에서 지나치게 밝은 은빛이었다. 오른손으로 헝클어진 곱슬머리를 쓸어 넘기는 그의 불안정한 표정 때문에 그녀는 가슴이 철렁, 내려앉는 것 같았다.

그럼요. 치료받으면 괜찮죠.

현관문을 열던 그가 고개를 돌려 등 뒤의 그녀에게 말을 걸었다.

그렇지? 당신도 걱정이네. 나 없이 괜찮겠어?

그녀는 심장이 터질 것 같았으나 그를 위로하느라 억지로 웃었다.

그럼요. 난 문제 없어요.

허청거리고 걷는 그의 뒤를 따라 엘리베이터를 타고 내려갔을 때는 복도에도 엘리베이터에도 오가는 사람이 없었다.

당신이나 걱정해요. 치료 잘 받고요. 난 음성인데 뭐가 걱정이야.

아파트 입구에는 구급차 뒤에서 대기하고 있는 방호복들이 그를 맞이했다.

잘 부탁합니다. 제발 잘 치료받을 수 있게….

그녀의 말이 끝나기도 전에 그들이 등을 보이면서 차 문을 닫고 돌아섰다. 그가 올라타는 것을 확인하면서 부들부들 떨던 그녀는 아파트 계단 옆에 무너지듯 주저앉았다. 칙칙하면서도 싯누런 낯빛의 국화꽃들이 희뿌옇게 눈에 들어왔다. 채 목이 떨어지지 않은 꽃송이들이 겨우 줄기에 매달려 바람에 떨고 있었다. 어쩐지 불길한 생각이 들었고 기분이 좋지 않았다. 찬바람이 지

퍼가 열린 그녀의 패딩 점퍼를 비집고 들어왔다. 오싹했다. 실내용 여름 티셔츠 위에 점퍼 하나만 걸치고 나온 터였다. 그녀는 아무 생각을 할 수 없었다. 그와는 달리 아무 증상이 없었지만 이내 가슴이 답답해지고 목 안쪽이 카랑카랑 막히는 기분이었다. 기침이 터져 나올 것만 같았고 몸살기가 시작되는 느낌이 들었다. 피씨알검사 결과 음성으로 판정되있지만, 열흘 동안 자가 격리를 해야 한다고 했다. 그녀는 꿈인 듯, 현실인 듯 구분이 되지 않았다. 그의 얼굴을 볼 수 없다. 소파에 함께 앉아 있으나 목소리만 들린다. 사과를 깎으려다가 칼이 없는 것을 발견한 그녀가 주방으로 칼을 가지러 갔다가 돌아온다, 소파에 누운 그가 흰 천에 덮여 누워 있다. 그녀는 손에서 칼을 떨어뜨린다. 며칠 전 꿈이 좋지 않았어.

그녀는 멍한 채로 맞은편 아파트를 쳐다보았다. 창문을 열고 내다보는 한 남자가 그녀를 향해 히죽 웃는 것 같아 소름이 끼쳤다. 남자는 여태 그녀를 지켜보고 있었을 것이다. 그가 방호복에게 둘러싸인 채 떠나는 것을, 그녀가 주저앉아 일어나지도 못하는 것을. 그녀는 등을 돌리고 잽싸게 일어나서 빠르게 걸었다. 낯선 남자의 시선을 피해 도망친 그녀는 엘리베이터 앞으로 다가서면서 버튼을 세게 눌렀다. 불쾌하기 짝이 없었다. 그가 확진

되었다는 소문은 금세 퍼질 것이었다.

　그가 죽었다. 구급차를 타고 떠난 지 일주일이 지난 후였다. 그의 사망소식을 들었으나 그녀는 갈 수 없었다. 자가격리 상태여서, 그의 임종을 지키지 못했고 마지막 가는 길을 볼 수 없었다. 선 화장, 후 장례. 감염병 예방을 위해 24시간 내에 화장을 해야 한다, 는 통보를 받고 보건소 담당자와 연락 후, 화장장을 전화로 접수했다. 모든 것을 맡길게요. 절차대로 해주세요. 장례문화원에 연락했을 때, 그가 불린 이름은 K시의 81번 확진자 사망자였다. 그녀는 그의 유골함조차 만져보지 못한 채, 그를 세상에서 완전히 떠나보냈다.

　이후, 그녀는 사람의 얼굴을 의도적으로 쳐다보지 않았다. 비대면에 사회적거리 유지, 마스크를 쓴 채로 마트와 편의점에 드나들다 보니 눈만 빼꼼한 채 내놓는 사람을 구분하기 어려웠다. 마스크를 쓴 얼굴들 모두 정체를 알 수 없었다. 아는 체를 할 수도 없었고, 하지 않을 수도 없어서 눈을 내리깔고 땅을 보고 다녔다. 긴가민가, 어디서 봤더라. 만났던 얼굴이었어도, 정확하지 않은 타인의 얼굴을 군이 대면하고 싶지 않았다. 아파트로 향하는 경사진 길을 오르내리다가 마주친 자가 누구인지, 관심 없었다.

그녀는 도로의 신호등에 초록색 불이 들어올 때까지 서서 기다리다가도 옆에 누군가 근접하면 황급히 물러섰다. 그녀는 2m의 철저한 거리두기를 유지하는 탓에 여태 무사했을 수 있었던 완벽주의자였다. 정부의 정책이라면 매사에 충실히 이행했다. 같은 아파트에 사는 사람들은 물론이고 택배기사, 음식 배달원 등 마스크를 벗지 않는 그들이 누구인지 따로 말을 걸거나 굳이 현관문을 열어주지 않았다. 예전부터 그녀는 마스크를 착용한 사람들을 경계했다. 마스크맨은 두려운 존재였다. 정체불명의 사람을 믿을 수가 없었다. 모두 마스크를 쓴, 얼굴 모르는 사람들 틈에서 그녀는 불안하기 짝이 없는 일상을 안전하게, 일 년 이상을 버티고 살았다. 그와는 달리, 기저질환으로 고혈압이 있는데도 음성이 나왔으니 얼마나 다행인가. 그러나 사흘 후 재검사를 받아야 한다는 문자를 다시 확인하고 나서는 불안했다. 갑자기 머리가 빠개지는 듯한 두통기를 느끼며 급히 진통제를 챙겨 먹었다.

그녀는 잠들 수 없었다. 왜 이렇게 되었을까. 그는 어떻게 숨을 거두었을까. 결혼 후 지금까지, 아니면 앞으로 남은 생을 평생 무덤덤하면서도 무난하게 살았을 그들 부부였다.

숨을 쉴 수가 없어.

그의 목소리가 들리는 것 같아 잠들 수 없었다. 그의 손을 한 번이라도 더 잡아볼 것을. 그날, 그가 슬리퍼를 벗었을 때, 맨발을 한 번 만져볼 것을. 그녀는 양말도 신지 않은 채 운동화를 신은 그에게 양말을 신겨줄 마음도 나지 않았다. 그때, 정말 왜 그랬을까. 그녀는 훅, 가슴이 뜨거워졌다. 후회와 죄책감이 밀려오면서 동시에 서럽고 억울했다.

*

그녀는 재검사 후, 음성 판정을 받고 안정감을 느꼈으나 가슴이 칼로 베이듯 아렸다. 그는 어떻게 죽었을까. K시의 방역정책에 따라 그녀는 그가 묻힌 영생공원을 다녀왔으나 도무지 실감이 나질 않았다. 평장을 해달라는 그녀의 부탁대로 그의 뼛가루는 땅 속 깊이 묻혔을 것이다. 그러나 제대로 묻혔는지는 확인할 길이 없었다. 묻힌 자리 대리석에 쓰인 그의 이름과 생년월일은 허공에 둥둥 떠있는 듯했다. 그가 아닌, 다른 죽은 자를 추모하고 있는 건 아닐까, 그녀는 의심스러울 뿐이었고 다녀온 후로는 더욱 정신이 혼미해지는 느낌이었다.

그녀는 현관문 번호키의 숫자를 누르다가 잠시 멈췄다. 비번이 기억나지 않아 당황했다. 한숨을 돌린 후, 정신을 차린 후에야 결혼기념일 날짜 1211임을 겨우 기억해내고서야 현관문을 열었다. 그가 떠난 방안이 유난히 휑하니 느껴졌다. 매일 그가 앉아 있던 자리에는 체온과 냄새가 남아있어 선뜻 소파에 다가서지도 못했다. 숨을 내쉬고, 들이쉬기를 서듭했다. 징수기의 보라색 버튼을 누르고 냉수를 컵에 따라 벌컥벌컥 들이켰다. 그러다 오른손을 가슴에 얹고 방바닥에 주저앉았다. 앞이 캄캄하면서 아득해졌다. 가슴이 콩닥거리면서 벌렁거렸다. 있을 수 없는 일이 일어났다. 어떻게 이런 일이 일어나는가. 아무리 생각해봐도 이해할 수 없었다. 결코 인정하고 싶지 않은 현실이었다.

하필 그날 왜, 교회를 굳이 나갔던 것인가. 본부 교회에서 파견 나온 젊은 목사. 신도들은 열정적인 목사의 침 튀기는 설교에 감복하면서 아멘, 을 연거푸 부르짖었다. 물론 마스크를 쓰고 거리유지를 했다. 의자의 특성상 칸막이가 없었지만 거리유지를 표시한 흰 종이 사이로 정확한 간격을 유지했다. 하필이면 그들 부부는 맨 앞에 있었다. 성가대 활동을 하지 않은 지 오래였으나, 성가대 신도들의 자리도 앞 좌석이었다. 그들을 포함한 신도들 30명이 확진 판정을 받았다. 그 외 신도들은 피씨알 검사 결과 음성으로 나와 자가격리에 들어갔다. 망할 놈의 주일예배. 왜 하필, 그이에게. 어쩌다, 이런 재앙이 내게 일어나는 것인가. 그동안 정말 잘 해왔다. 친한 친구 얼굴조차 보지 않고 전화 통화만 했다. 끼리끼리 모여 음식점도 카페도 가지 않았고, 누구보다도 개인방역을 철저하게 이행했던 그녀는 원통했다.

그녀는 병든 강아지처럼 어기적거리며 기어가 소파 한쪽 구석에 웅크리고 텔레비전 옆에 걸어둔, 크리스탈 벽걸이 시계를 쳐다보았다. 이건 꿈일까. 꿈이겠지. 사실이 아니겠지. 오후 세시를 가리키는 큰 바늘을 쳐다보며 심호흡을 했다.

그녀는 넋이 나간 채 방 안에 앉아 있었다. 뭐였더라, 왜 아무 기억이 나지 않는 걸까. 내가 아침은 먹었나. 탁자 위에 놓인 사과 한 알이 눈에 들어왔다. 쟁반에 놓인 삶은 계란 한 개, 그리고 커피는 잔에 담긴 그대로였다.

그녀는 베란다로 나갔다. 식물원처럼 아기자기 꾸며놓은 화분들은 그가 생전에 아끼던 것들이다. 매일 물을 주고 보살핀 야생화 화분들이 숨을 멈춘 건, 그의 죽음과 거의 동시였을 것이다. 그가 남긴 건, 70여 종의 식물이었다. 그녀는 뿌리가 말라 죽었을 식물 앞에 망연자실 앉아 있었다. 생각에 생각을 거듭했다. 코로나를 조심하느라 평소에 즐겨 다니던 사우나도 가지 않고, 집에서 샤워를 하면서 투덜거리던 그의 목소리가 떠올랐다. 가슴 한쪽이 뼈근하게 도려내듯이 아렸다. 그녀는 잠시 심장 쪽에 가만히 손을 얹었다. 한 줌의 재가 되어버린 그의 육체, 그것보다 더 생생한 게 있다. 목욕 후에 깎았던 손톱과 발톱. 가슴이 미어지는 것처럼 아팠다.

새벽이 되었고, 아침이 되었다. 그녀는 기진맥진 상태로 딸꾹질을 했다. 이것뿐이구나. 그의 몸이 사라져버린 안방, 그가 혼자 잠들곤 했던 침대 옆에서 그녀는 허깨비처럼 서 있었다.

*

어젯밤 9시 기준 감염 4,227명. 텔레비전 화면 속 빨간 자막에 흰 글씨들이 물처럼 흐르고 있었다. 대책을 제대로 세우지 못하고 있는 국무총리의 난감한 얼굴이 나타났다 사라졌다. 델타 변이. 내년 2월, 12세 이상도 방역패스. 자막이 계속 나타났다가 새로운 문장으로 바뀌고 있다. 나이지리아에 다녀온 목사 부부 확진 판정. 감염된 지인 가족, 교회 참석자 줄줄이 확진. 일상회

복은 다시 요원해졌다. 다시 거리두기 강화. 부스터 샷을 접종해야 해야 한다는 결론에 이르렀다는 것이다. 오미크론 확산세가 염려된 정부에서는 3차접종은 필수라고 강조했다. 화면에서는 소상공인들이 팻말을 들고서 정부에 항의하고 있었고, 1차접종을 마친 중학생이 숨졌다는 보도가 자막으로 흘렀다. 사법부와 정부가 충돌하고 있었다. 미접종자들의 권리와 자유를 보장하라는 팻말을 들고 집단소송을 하는 사람들이 보였다. 방역패스 때문에 여론이 분열되고 있다. 모두 나와는 아무 상관 없어. 나는 남편이 죽었어. 그는 어떻게 불에 태워졌을까. 몸이 없는 영혼이 제가 살았던 육체를 찾지 못한 채, 기침 때문에 콜록거리면서, 숨을 쉴 수 없다, 고통을 호소하면서 떠돌아다니는 건 아닌가. 그의 죽음이, 한 생명의 죽음이 감염병 시대 K시의 역사 기록에는 숫자로 존재할 것이다. 그녀는 어쩐지 방안에 그가 있는 것만 같았다.

당신, 어딨어?

그의 목소리가 들리는 듯해서 뒤를 돌아다보기도 했다.

음식을 먹을 땐 한입에 가득 넣어서 입안 가득 식감이 느껴지게, 맛있게 먹어야지.

식탁 의자에 마주 앉아 있는 듯한 착각을 일으키며 그녀는 엉기적거리며 일어났다. 그녀의 투정을 대수롭지 않게 들으며, 바닥에 앉아 손톱을 깎던 그를 떠올려보았다. 오랫동안 비우지 않았던 청소기 먼지통을 바닥에 쏟고 먼지에 엉킨 쓰레기 부스러기들을 만졌다. 그의 머리카락과 함께 엉킨 그녀의 머리카락, 그의 손톱과 발톱을 보면서 잠깐, 전율했다.

청소기로 말고 솜! 따로 화상지에 싸서 버리라구요.

그녀는 짜증스럽게 말한다.

뭐 어때. 튀어 나간 손톱 때문에라도 청소기가 좋아. 당신 머리카락까지 남김없이 깨끗이 치워줄 테니까 걱정하지 마.

그녀는 최근에 찍었던 그의 사진을 핸드폰 속에서 찾아 프린터에서 출력하면서 후드득, 몸서리를 쳤다. 평화로운 그의 얼굴, 산책길에서 환하게 웃는 그의 얼굴을 보며 가슴 속에서 뜨거운 물이 출렁이는 것만 같았다. 베란다에 늘어선 화분 중에서 겨우 살아남은 은목서나무 화분 뒤로 그의 사진 액자를 세워두었다. 흰꽃이 변해 누렇게 매달린 은목서 꽃은 베란다가 따뜻해서 가을꽃이 겨울까지 매달려 있었다. 아직 꽃이 지지 않은, 가을이면 네 장의 아주 작은 꽃잎이 통째로 몽글거리는 은목서 나무.

난 된장보다 꽃이 좋아요.

베란다에 된장 항아리조차 둘 수 없어서 불만이 많았던 그녀에게 그가 말한다. 생각해보니 담배를 끊지 못했던 그는, 베란다 식물 앞에 쪼그리고 앉아 나무들을 돌보는 것을 좋아했다. 그녀는 그제야 그를 조금씩 느끼고 있었다. 답답할 정도로 말이 통하지 않았지만, 그래도 우린 큰 문제 없이 잘 살아냈어.

그녀는 겨우 살아난 식물 중 은목서나무 화분의 흙을 파내고 뿌리 근처에 그의 손톱과 발톱, 머리카락을 심었다. 연필심처럼 가느다란 향을 한 대 사르고, 워머용 촛불을 켰다. 사진 속 그가 웃었다. 녹차를 우려내 찻잔에 담아 화분 앞에 놓고 차를 함께 마시듯이 그에게 속삭였다.

여보, 미안해.

그 외에는 할 말이 없었다.

정말 미안해.

퇴직한 후, 그는 그녀의 눈치를 자주 보았고, 교회 예배를 피하려고 주말에는 친구들과 산에 올랐다.

당신도 같이 산에 다니자, 건강이 먼저야.

그가 말했을 때, 그녀는 아니꼬운 눈초리로 그를 쏘아보았다.

그 모임 뻔하네. 산에서 내려와 내려와서 술집으로. 정말 무슨 짓이야?

그가 사람 좋게 웃었다.

너무 그러지 마. 다 늙어서까지 싸울 힘 없어.

그날, 등산배낭을 메고 막 현관문을 나섰을 때, 그녀가 그의 팔을 잡았다. 오늘은 가지 말아요. 나랑 교회 가자구요.

그는 왜 하필 그날 마음이 흔들렸을까. 왜 그랬을까, 후회가 그녀의 가슴을 칼로 도려내듯 밀려왔다. 그녀는 부부동반 모임에도 잠석하기 싫어했다. 당신 혼자 가요. 재미없어. 동창 모임 가서 뭐 해. 쪽팔리게, 입고 갈 옷도 없고, 명품백 하나 없이 이토록 초라하게 어딜 가요. 난, 싫어. 그녀가 교회 가자고 졸랐을 때, 그가 한 번만 더 싫다는 소리를 했으면 그녀는 포기했을까. 오렌지색 아웃도어를 입고, 까만색 등산화를 신고 나가는 그를 못마땅한 눈으로 계속 째려보지만 않았어도, 그는 코로나 따위에 감염되지 않았을 것이다.

알았어, 알았어. 얼굴 좀 펴.

웬일인지 등산을 포기한 그가 주일예배에 참석했다. 그 젊은 목사만 아니었어도 코로나에 감염되지 않았을 것이다. 뒤늦은 후회였다. 그는 K시 81번 확진자 사망자, 수인번호가 되었다. 숨겼던 당시 그대로 의료기구를 몸에 장착하고 비닐백에 둘둘 말린 채 시신팩에 담아 관에 넣어 그대로 화장되었다고 했다. 그녀는 단 한 걸음도 외출이 허락되지 않아 집에서 움직일 수 없었던 상황이었다. 담당자의, 조금은 짜증스러운 친절 덕분에 안전보호앱 어플을 깔았고 그녀의 동선은 담당공무원에게 그대로 체크가 되었다. 가족이 참석하지 못한 확진자 사망자의 장례는 어떻게 치렀는지 도무지 알 수가 없었다. 그녀가 도움을 요청했던 그의 형제들은 장례식에 참석할 수 없다, 는 통보를 문자로 짧게 보냈다. 고인은 보호자 없는 확진자 사망자였다. 애도할 수 없는 시간, 그녀의 슬픔은 숫자로도 기록되지 않을, 우울한 감정으로 남았다.

그녀는 애가 탔다. 교회 목사님에게 장례식 참관을 부탁했으나 단번에 거절당했다. 하늘이 무너지는 느낌이었다. 믿었던 사람들이 모두 그녀를 피했다. 교회 여신도들은 기도해주겠다면서 위로 문자와 이모티콘을 단톡방으로 매일 날려 보냈다. 단톡방은 확진자 중 유일한 사망자가 되어버린 남편의 기저질환이 화제였다. 폐암으로 갈 수도 있었, 담배를 끊지 못했, 등등. 성경 구절 욥기의 몇 구절을 인용해서 쓴 카톡 문자와 함께 위로랍시고 이모티콘을 연달아 날렸다. 그들의 카톡방은 잔인했고 불쾌했다. 상처 난 마음을 후벼파는 여신도들의 단톡방에서 빠져나왔다. 그녀는 아무에게도 하소연할 수 없었다. 친한 친구에게도 말할 수 없었다. 그건 내 잘못이 아냐. 그는 단지 운이 나빴어.

재수가 없었던 거야. 포도가 주렁주렁 열리는 포도나무 과수원 같이 신도가 많은 본부 교회에서는 확진자가 무더기로 발견되어 한바탕 난리가 났다는 것인데도 그것도 아랑곳없이 그녀는 그날 딸의 순산을 위한 특별헌금까지 바쳤다. 그 사실을 하루만 빨리 알았더라도, 그들 부부는 주일예배에 참석하지 않았을 것이다. 그녀는 주일날, 그가 그녀의 손을 잡고 교회 계단을 올라갔던 시간을 떠올렸다. 그의 두툼한 손의 촉감, 부드럽고 따뜻한 손이 기억났다. 과거는 흑백사진의 추억과 같다. 흑백사진은 아름답지도 추하지도 않은 채, 흘러간 시간 속에 있는 기억이다. 그녀는 혼자 남아 살아갈 제 모습을 생각하면서 몸서리를 쳤다.

*

시간의 명백한 진실은 감출 수가 없다.

아빠가 돌아가셨다는 게, 전혀 실감이 나지 않아요.

딸이 끝내 오열했다. 사위도 제 아내가 엄마를 보러 가는 것을 결사적으로 반대했다. 엄마는 음성이지만, K시의 확진자 숫자 때문에 지금도 안심할 수가 없다는 것이다. 그녀의 뇌리에 사돈들의 근엄한 척하는, 차가운 표정이 떠올랐다. 상견례에서 보았던 안사돈은 키가 멀쑥하니 큰 데다가 인정머리 없는 표정이었다. 결혼식장에서도 큰 손해라도 보는 듯, 오만한 표정으로 드레스를 입은 신부를 내려다보았다.

엄마, 나 엄마 보러 갈 수 없어요. 미안해요. 괜찮아? 미안해요. 어쩔 수 없어요.

딸은 어찌 견디고 있을까. 편치 않은 사돈 관계 때문인지, 그의 외동딸에 대한 근심은 도를 넘어서 용돈을 매달 챙겨주곤 했다. 그녀는 직장생활을 하느라 제대로 돌보지 못한 딸에게 늘 미안했다. 다행히 순조롭게 성장한 딸은 일찍 고향을 떠나 다른 지방의 대학에 입학했고 기숙사 생활을 했다. 졸업 후, 몇 차례 이직을 거쳐 직장에서 만난 현재의 사위와 연애했고, 무사히 결혼해서 아기 엄마가 되었다. 그녀는 숙제를 마친 학생처럼 후련했다. 의무에서 벗어난 느낌이었다. 혼자만의 자유를 누릴 수 있는 시기, 제2의 인생을 자유롭게 살아도 좋을 나이가 되었다. 그러다 덜컥, 코로나19의 시대가 도래했다. 해외여행도 다니고, 취미생활도 즐기면서 멋지게 살자고 했던 그와의 약속은 안타까운, 이루어질 수 없는 꿈이 되었다.

딸과는 매일 영상통화를 했다.

아빠 장례도 못 치르고, 어떡해? 난 아빠를 마지막으로 본 게 언제인지 기억도 나지 않아. 너무나 잘못한 게 많아. 불효했어. 엄마, 난 정말 못돼먹었지, 그렇지?

딸의 얼굴과 목소리에는 기운이 없었고 우울감이 짙게 느껴졌다. 그녀는 길고 긴 위로의 말을 문자로 보냈으나 그 어떤 말로도 슬픔을 덜어줄 수는 없을 터였다. 그녀는 남편에게 무관심했던 과거의 잘못을 되새김질하면서 울음을 꿀꺽 삼키곤 했다.

엄마, 나 이러다 큰일 낼 것 같아. 그 사람이 엄마랑 영상통화 그만하라는 거야. 그 나쁜 자식이. 그게 사람이야? 복직도 못 하고, 난 죽을 둥 살 둥, 독박육아 하는데.

전화 속에서 사위 욕을 하는 딸을 더는 두고 볼 수 없어, 그녀는 딸을 달랬다.

괜찮아, 다 괜찮아. 아기나 잘 키워라.

딸이 건강하게 자라는 손자의 얼굴을 핸드폰 사진으로 보내줄 때면 다행이라는 생각이 들었다. 산후조리를 친정에서 하겠다는 것을 말렸던 것은 탁월한 결정이었다. 차 안에서 아기라도 낳으면 어떻게 할래? 그러니까 엄마. 나도 좀 걱정이 되긴 해. 시어머니도 걱정이 된다고 하시는데. 조리원에서 나오면 엄마가

해준 밥 좀 먹고 싶은데. 엄마가 끓여준 미역국 먹고 싶어. 코로나19로 소도시 산후조리원의 방역이 불안하다, 위험하다는 것은 사위의 의견이었다. 만삭의 딸이 K시까지 내려온다는 것에 그녀도 반대했다. 코로나 위기상황에도 불구하고 딸이 산후조리원에서 건강한 사내아이를 출산했다는 전화를 했을 때야, 그녀는 기묘한 기분을 느꼈다. 그 아침에 남편의 사망 소식을 들은 후, 원통한 마음에 한바탕 울고 났던 후였다.

나 땜에 아빠가 돌아가신 것 같아.

딸이 울먹이며 괴로워했다.

교회에서도 어쩔 수 없었지. 목사님이 무증상감염이었다더라. 우린 그날, 거리두기로 정해진 자리에 띄엄띄엄 앉아 예배를 봤어. 마스크를 쓰고 통성기도를 했어. 그랬어… 이제 와 누구를 원망하겠니?

그녀는, 네가 순산하기를 기도하면서 특별헌금을 준비하고 주일예배를 보지만 않았어도 이런 일은 없었을 것이야, 라는 말을 할 수 없었다. 그녀는 몸이 약한 딸의 순산을 위해 기도하느라 매일 새벽기도에 나갔을 정도로 열심이었다. 누구보다 더 간절하게 가족의 건강을 위해 기도했었다.

엄마, 정말 괜찮아?

딸은 그녀의 안부를 묻다가 울음을 터뜨리는 것이 전부였다.

아빠 보고 싶어.

딸은 전화 속에서 울먹였으나 잠시 후에는 카톡으로 아기의 사진과 동영상을 찍어 보내주었다.

애 키우기 너무 힘들다, 엄만 날 어떻게 키웠어?

딸은 금세 자신도 모르게 아빠를 잊어가는 듯했다.

*

확진자 사망자들은 하루에 백 명을 넘었다. 매일 텔레비전의 화면 왼쪽에 사망자의 숫자가 붉은색으로 쓰였다.

그녀는 그의 제단에 밤마다 촛불을 밝히는 것이 일과였다. 둘의 성경책은 재활용 쓰레기로 내다 버렸다. 차라리 잘됐어. 아파트 입구, 그녀가 매일 새벽기도를 다니던 교회에서는 그의 죽음에 아무런 책임도 지지 않았다. 겉으로만 위로할 뿐, 이제는 그녀에게 아무도 전화하지 않았다. 그는 아무도 슬퍼하지 않은 죽음이 되었고, 확진자 81번으로 불리다가 한 생애를 마감했다. 애초에 김명국이라는 이름으로 명명되어서 살아온 그는 어떤 사람이었나. 이름은 김명국. 나이는 61세. 가족은 아내 주애란과 딸 김승연. 중소기업에서 명예퇴직. 유일한 취미는 등산. 종교는 기독교. 좋아하는 음식은 김치찌개. 매우 성실하면서 가정에 충실함. 그 밖에 또 그는 무엇으로 살았을까. 어떤 생각을 했을까. 다만 하루하루 충실한 일상을 잘 살아왔을 그는 정말 어떤 사람이었을까. 그녀는 그를 처음 만났던 날을 떠올렸다. 소개팅으로 만나 식사를 거의 마쳤을 때였다. 다 드셨어요? 그녀가 그의 질문에 대답 대신 고개를 조금 끄덕였다. 아, 그렇게 많이 남기면 어떡해요. 그가 반쯤 남긴 공기 속 그녀의 밥에 자신의 숟가락을 넣었다. 그녀가 당황한 얼굴로 그를 쳐다보았을 때, 그가 숟가락의 밥을 입 안에 넣었다. 우리 어머니는 음식 남기는 걸 아주 싫어하세요. 내가 어릴 때부터 습관이 돼서 음식 남기는 걸 보면 못 참아요. 그가 웃으면서 시금치나물을 젓가락으로 집어 입에 넣었다. 물김치를 한 숟가락 가득 떠서 입 안에 넣는 그의 먹성이 마음에 들었다. 평범한 가정을 이루면서 경제적인 고통을 당하지 않고 살아가는 것이 인생의 목표였던 그녀의 결혼은 그렇게 이루어졌고, 그는 성실한 가장으로 한 생을 충실히 살았을 뿐이다. 김명국, 이름 석 자. 그는 세상 어디에도 없다. 이것이 현실이었다.

그녀는 은목서나무 앞에 쪼그려 앉았다. 흙 속에 파묻힌 그의 뼛가루와 머리카락과 그녀의 머리카락에 엉킨 그의 손톱과 발톱은 이미 썩었을까. 이 세상에 존재했던 그 이름 김명국, 그의 영혼은 어디에서 떠돌고 있을까.

딩동딩동. 벨이 울렸다. 찾아올 사람이라고는 없는데 누굴까. 택배를 주문한 적이 있었으나 오늘 도착할 리는 없었다. 새벽에 잠이 오지 않아 인터넷을 뒤지다가 입고 나가야 할 곳도 없는 데도, 자켓 한 벌을 구매했다. 아무리 빨라도 오늘 로켓배송이 올 리도 없다. 그녀는 자세히 인터폰 화면을 들여다보았다. 마스크를 쓴 여자 얼굴이다. 눈매를 보면 엘리베이터에서 자주 마주친, 같은 라인의 여자 같았다. 반려견을 안고 다니던 여자. 엘리베이터에서 만나 내 동향을 슬금슬금 물었던 그 여자. 요즘 건강은 어떠세요? 힘드시죠? 그녀는 건성으로 대답하곤 했다. 아, 예. 그 여자, 정체는 뭘까. 그 뒤에 있는 마스크를 쓴 남자가 보인다. 저들이 웬일인가. 내가 집에 있다는 걸 알고, 벨을 눌렀을 그 사람들.

누구세요?

네. 610호에요.

무슨 일이시죠?

문 좀 열어주시죠.

대뜸, 문 열어달라는 소리였다. 마스크를 쓴 채, 그들이 말했다. 누군지도 모르는데 어떻게 문을 열 것인가. 그 뒤에 서 있는 오종종한 남자의 모습이 화면에 잡혔다. 그녀는 갑자기 싸늘한 한기를 느꼈다. 내가 당신들을 어떻게 믿고, 문을 열 것인가.

떡을 좀 드리려고요.

아니요, 안 먹어요.

그러시지 말고 받으세요. 편의점 옆에 새로 떡카페를 개업했는데요. 아까 편의점에 내려오셨죠? 요새 매일 술을 사들고 가시던데. 그래서 왔어요. 우린 아파트 단지 내에서 포차를 하다가요. 장사가 안 돼….

그 여자가 비교적 상냥한 목소리로 말했다. 뒤에 서 있는 남자의 눈매는 어디서 본 듯하다. 음흉해 보이는 눈빛이었고, 무언가 염탐하려는 눈동자처럼 보이기도 했다. 눈이 가늘면서 양쪽으로 째진 데다가 마스크 위로 보이는 이마에는 험상궂은 주름이 내 천川 자로 깊이 새겨져 있었다. 마스크 얼굴은 믿을 수 없다. 그녀는 문득 그가 방호복을 입은 사람들에 둘러싸여 아파트를 떠났을 때, 맞은편 동에서 그녀를 내려다보고 웃고 있던 남자가 떠올랐다. 꼭 그 남자 같기도 했다.

아니, 저는 떡을 안 먹는다니까요!

그녀는 현관문 앞으로 다가가 신경질적으로 소리를 질렀다.

아, 사모님. 뭔가 오해가… 있으신데요. 전 이 동네에서 오래 살아서 사모님을 잘 알고 있답….

여자의 말이 끝나기도 전에, 그녀는 휙 놀아섰다.

당신들을 어떻게 믿어. 떡카페? 코로나 시대에 모두 문을 닫는 지경인데, 무슨 개업? 다 거짓말이야. 못 믿어.

그녀는 탁, 소리가 나게 걸쇠를 걸었다.

아, 사모님. 남편이 확진돼서 돌아가신 거 맞죠. 우리 가게 옆 교회 다니셨잖아요? 그날, 토요일 날, 사모님도 7080포차 오셨잖아요? 친구분들이랑 맥주 마시고 가셨잖아요. 한 사람이 확진자였어요. 우리 가게 그래서 결국 문 닫고… 업종 변경해서…. 이거 다 집사님 때문이잖아요?

협박하듯 으르렁거리는 남자의 목소리가 소름 끼치도록 무서웠다.

무슨 말이세요?

아, 왜 이러세요? 다 알고 있는데요. 동네 소문나면 좋을 일 없어요. 교회에서도 감쪽같이 모르는데. 우리가 입을 열면 말이죠.

그녀는 현관문을 노려보면서 그 자리에서 주저앉았다. 이 코로나 너무 지겨워. 그녀는 두려워졌다. 아무 소리를 낼 수 없었고, 마침내는 숨도 쉴 수 없을 정도였다. 귀찮다면서, 방문자 기록 카드에 굳이 연락처를 적지 않았던 것은 잘한 일이었다. 음식점에서 밥을 먹고, 2차로 동네 포차에서 소맥을 마시며 옛 친구들과 오랜만에 회포를 풀었다.

무슨 말씀이세요? 근거 없이! 빨리 꺼져요. 안 가면 신고할 거예요.

그녀는 바락 악을 썼다.

바깥은 조용했다. 인터폰 화면에서 사라진 그들을 확인하기 위해 현관문을 열려다 신발장 왼쪽에 걸어놓은 마스크를 집어 코를 덮고 입 아래까지 꼼꼼하게 착용하면서 신발장 위 거울에 비친 자신의, 얼굴 없는 모습을 보았다.

무슨 소리야. 그런 일 없었어.

그녀는 소파에 앉아 핸드폰 화면을 다시 확인했다. K시 0시 기준으로 확진자 225명. 157명 동선 및 접촉자 조사 중 68명(자가격리 62명, 해외입국 6명) 동선 없음.

문을 열어주지 않은 것은 정말 잘한 거야.

그녀는 혼자 중얼거렸다. 핸드폰에서 배달의 민족 어플을 검

색하다가 어떤 음식을 배달시킬 건지 궁리하면서, 베란다로 나
갔다. 다시 오한이 일어나는 느낌이었다. 그녀는 계속 터져 나오
는 잔기침을 하면서 거실과 베란다를 병 든 유령처럼 배회했다.

안개는
어디에서 오는가

배가 수라도 선착장에 닿자 눈에 들어온 건 수십 대의 골프카였다. 울긋불긋 화려한 관광객들이 내가 타고 온 배에 올라타는 것을 보았다. 나는 그들과 반대로 섬에 머물기 위해 골프카를 향해 손을 흔들었다.

― 법천사에 가려는데요.

중년 남자가 운전하는 골프카는 섬의 한 가운데 위치한 절 입구에 나를 내려주었다.

절 입구 왼쪽에는 기와 더미가, 오른쪽에는 돌덩이가 쌓여 있었다.

머리를 반삭한 남자가 현무암을 손에 든 채 나를 물끄러미 내려다보았다.

　－ 실례합니다.

　남자는 나를 흘낏 쳐다보더니 대답을 하지 않고 곧 고개를 돌렸다.

　절은 고즈넉했고 멀리 바다를 등지고 해수관음보살상이 번쩍거리고 있었다. 법당을 지나 요사채 쪽으로 들어섰다. 미리 전화를 해둔 터여서 공양주보살이 화들짝, 반가운 표정을 지으며 나를 반겼다. 바람 많은 섬 날씨 중에서 유독 화창한 날 도착한 건 행운이라며 웃었다. 법천사에는 절 살림을 맡아보는 화주보살과 처사 한 사람, 그리고 시인이라는 한 여자가 와 있었다. 절 입구에서 본 남자, 진처사는 돌담을 쌓기 시작한 지 벌써 6개월째라고 했다. 밥 먹고 자는 일 이외에는 돌담만 쌓고 있다고 했다. 여자는 시인이라고 자신을 소개했다. 시인이 입은 잿빛 생활한복은 곱게 화장한 얼굴의 분위기와는 대조적이어서 좀 놀랐다. 그녀와 무심코 눈이 마주쳤을 때, 나를 쏘아보는 눈빛이 강렬했다. 그녀는 자기를 양선생이라고 불러달라며 내게 글을 쓰느냐고 물었다. 논문을 준비하기 위해 왔다고 했더니 조금 비웃는 표정으로 자기는 그저 쉬러 들어왔을 뿐이라고 말했다. 나는 그들과의 첫 대면에 위기감을 느꼈다. 그 기이한 감정이 무엇인지 모르는 채 그들과 함께 저녁을 먹었다.

도착한 다음 날은 바람이 심했다. 밤바람 소리는 좁은 동굴을 간신히 빠져나오는 괴물의 것처럼 고통스럽게 들렸다. 그것은 오랜 옛날부터 떠도는 죽은 이들의 울음과도 같아 두렵기까지 했다. 양선생이 말했다. 어떤 여자소설가는 밤바람 소리가 무서워서 며칠 전에 뒤도 돌아보지 않고 떠났어요. 선생님은 오래 계실 거죠? 라고 다짐을 받듯 내 눈을 빤히 쳐다보았다.

※

– 맛있어요?

주방에서 몇 가지 반찬을 만들어낸 양선생이 던진 말이다. 고소한 누룽지에 매콤하면서도 독특한 향이 있는 달래김치는 입맛을 당겼다. 식사를 하면서 나는 언뜻 수상한 기류를 감지했다. 양선생의 온갖 신경이 진처사에게 민감하게 반응하고 있는 듯했다.

– 고향이 강원도라면… 강원도는 산골이라 나물이 많지요?

– 네, 그렇죠.

진처사가 짧은 대답을 했다.

– 잘 먹었습니다.

식사를 마친 그가 빈 그릇을 챙겨 일어났다. 자기 그릇을 찬찬히 씻는 그의 뒷모습을 양선생이 물끄러미 쳐다보았다. 그는 말이 없고 행동 또한 조용했다. 식객 셋이 아침 식사를 끝내고 설거지까지 마쳤을 때도 식사낭낭인 공양주보살은 식당에 나타나지 않았다. 내일부터는 식사준비를 자기가 맡겠으니 걱정마라, 는 양선생의 말 때문이었다. 내가 온 다음날부터 공양주보살은 식사를 준비하는 의무로부터 가볍게 벗어날 수 있었다. 법천사의 부부 신도인 화주보살과 공양주보살은 아침 대신 토스트와 커피 한 잔으로 아침 식사를 대신했기 때문이다. 그들의 식사 습관은 부부로 살아온 이십 년 동안 굳어진 습관이라 했다. 양선생은 공양주보살의 부담을 덜어주기 위해 자기가 매일 식사 준비를 하겠노라고 사람 좋은 표정으로 웃으며 말했다. 그러면서 자기는 고아나 다름없으니 언니가 되어달라고 진지하게 부탁했다. 그 말에 공양주보살은 환하게 웃었다. 나도 여동생이 없는데 정말 잘됐어요. 둘은 단번에 의자매를 맺게 되었고 양선생은 즉석에서 화주보살에게 '형부'라는 호칭을 썼다.

*

양선생이 동행을 요청해서 함께 산책을 나섰다. 그녀의 걸음은 달리는 듯 빨랐다.

– 진처사요. 밤에만 할망당에 간대요.

그녀는 앞장서 걷다가 뒤를 돌아보며 말했다.

– 뭐라고요?

– 어머, 문선생님은 그날 이야기 못 들었나봐. 자기는 처녀귀신 만나러 애기업개당에 간다고요. 그래서 내가 그랬죠. 처녀귀신이 아니라 처녀를 만나야죠. 그러니까 그냥 웃대요.

내가 아무런 대꾸를 하지 않자 그녀는 뭐라고 말하기 곤란한 표정을 지었다. 명확하지 않은 묘한 눈빛이 나를 향해 번뜩였다. 그 눈빛이 어쩐지 싫었다.

– 아, 저기요. 묻고 싶어서요. 애기업개당 전설을 캐내서 어쩌자는 거죠?

– 그냥요. 내 일이 그래요. 원래 중국 소수민족의 신화를 채록하기로 했는데 중국 쪽은 일단 현장 조사가 힘들고 비용도 부담되거든요.

– 아, 그래요. 민속학이라. 재밌는 선택이네요.

─ 선택이고 뭐고 없어요. 제일 인기 없는 학과라서…….

나는 그녀에게 거리감을 두고 싶어 첫날의 기묘한 느낌을 떠올리려고 애썼다. 화주보살의 소개를 통해 대충 알 수 있었던 그녀의 독특한 이력은 내가 살던 세계와 지나치게 달랐다. 나는 첫 대면에서부터 그녀를 경계했고 서로 방해가 되지 않는 정도로만 지내기를 바랄 뿐이었다.

─ 보이죠? 저기가 바로 애기업개당이예요.

양선생이 소리쳤다.

그녀는 내 뒤를 따라오지 않고 제단과 멀리 떨어진 곳에서 빙빙 돌다가 먼 바다 쪽을 바라보고 걸었다.

애기업개당에는 빈 술병과 과일, 명태포, 울긋불긋한 천 뭉치가 불에 태워지다만 채로 남아 있었다. 이곳에서 매달 7일과 17일, 27일에 제를 지낸다고 했다.

─ 여기를 밤마다 다닌대요. 그 사람, 진짜 처녀귀신이라도 만나고 싶은 건지 모르죠.

양선생은 진처사에게 마음을 들키지 않으려고 조심하는 눈치였다. 오히려 내게 그 마음을 들키고 있었다. 나쁘진 않았다. 제 마음을 감추는 듯 조심을 하며 슬쩍슬쩍 드러내는 것이 묘하게도 그녀와 거리를 두고자 했던 나를 안심시키고 친밀감마저 들게 했다.

　나는 애기업개당 제단에 손을 모았다. 풍랑 때문에 모살포로 돌아가지 못한 어부와 해녀들은 무인도에 애기업개를 버린 후, 순풍이 불자 배를 타고 떠나버렸다. 믿었던 사람들에게 버림받은 애기업개는 죽어서 수라도의 수호신 할망이 되었다. 인간으로 살아 있었다면 결코 용서하지 못할 일을 죽어서 신이 되었기 때문에 가능했을까. 애기업개를 희생양으로 바친 뒤, 어부들의 뱃길은 순탄했고 그 뒤로는 수라도 바다에 와서 해산물을 채취하는데 어려움이 없었다. 바닷사람들은 애기업개를 할망신으로 모시고 제를 지내주었다. 소녀가 무인도에서 겪었을 원망과 두려움과 공포, 그리고 기다림은 처절했을 것이다. 태어나면서부터 이미 버려진 운명이었다. 자식 없는 집에 양녀로 들어가 사랑을 받으며 살았던 것은 잠깐이었다. 양부모에게 아들이 생겼다. 예쁜 소녀는 애기업개가 되었다. 아기가 성장하자, 소녀는 양부모로부터 또다시 버려졌다. 모살포 사람들은 수라도의 해산물을 탐했다. 풍랑이 심한 바다, 수라도 바다의 해산물은 풍부했다. 그러나 용왕신의 노여움을 달래기 위해서는 아리따운 희생양이 필요했다. 아무도 지켜줄 사람 없는 소녀…. 양부모는 소녀를 또다시, 버렸다.

– 무슨 생각을 그리 깊이 해요? 아무리 불러도 모르시네.

양선생이 바짝 다가와 있었다.

– 애기업개가 너무 가엾다는 생각이 드네요.

나는 바다 쪽을 바라보았다. 해무는 여전했다. 바람은 더 심하게 일렁이고 있었고 빛이 반사되는 바다는 하늘과의 경계가 사라졌다. 거세게 파도치는 바다에는 진갈색의 톳과 미역이 출렁거리면서 파도에 씻기고 씻기다 햇살에 잠깐씩 모습을 드러내 반짝이곤 했다.

나는 양선생의 윤기 있는 머리칼을 무심코 쳐다보았다. 마치, 풍랑을 견디는 바닷속 미역 같았다.

– 긴 머리 참 예쁘네.

무심히 내뱉은 말이었다. 진짜 속내와는 다른 내 말에 스스로 진저리를 쳤다. 내내 그녀와 함께 있는 시간이면 마음이 편치 않았다. 그것의 정체를 모르면서 그녀가 신경에 거슬렸다. 날이 갈수록 더했다. 아침 공양 외에 점심도, 저녁도 그녀와 함께 있는 것이 점점 불편해졌다.

– 첫사랑 남자가 내 긴 머리에 반했어요.

그녀의 머리칼이 거센 바람에 날리고 있었다.

– 돌아가신 어머니는 해녀였죠.

나는 짧은 한숨소리를 들은 것 같았다. 그녀는 다시, 말을 이었다.

　─ 아버지가 병으로 돌아가시자 엄만 나를 데리고 재혼을 했어요. 새아버지 사이에 아들을 하나 낳았죠. 그런데 그 애를 낳은 지 한 달도 되지 않아 새아버지가 가출을 해버렸어요. 엄마는 살길이 막막해져서 일을 나가느라 날마다 집을 비웠지요. 나는 일곱 살 때부터 애기업개가 된 셈이죠. 남동생을 업어서 키웠어요. 똥기저귀 갈고 우유도 먹이고, 하루 종일 애 보느라 학교에도 못 다니다가 남보다 2년이나 늦게 입학했죠. 엄마는 둘을 키우기는 힘들다면서 나를 고아원에 맡겼어요. 남동생이 학교에 갈 나이가 되자 내가 쓸모없어진 거죠. 일주일에 한 번씩 보러 온다던 엄마는 그 후 어디론가 떠났고 한 번도 나를 찾아오지 않았어요.

　나는 귀를 막고 싶었다. 타인의 깊은 속사정은 알고 싶지 않았다. 왜 자기 이야기를 내게 털어놓은 것일까. 유년의 구차하고 참담한 이야기까지 아무렇지 않게 토해내는 그녀가 더욱 불편해졌다. 타인의 신상을 지나치게 깊이 알고 있다는 것만으로도 관계에 독이 되는 경우가 있다. 그것은 결국에는 빠져나올 수 없는 두려움, 늪과 같다.

– 내 힘으로 대학교까지 졸업했으니 지금 와서 엄마를 원망하진 않아요. 오히려 애틋하고 그리울 뿐이죠. 이상하죠? 술도 안 먹었는데 이야기가 술술 나오네.

우리는 애기업개당을 지나쳐 해변 쪽으로 걸었다.

– 엄마가 돌아가셨다는 소식을 누군가로부터 전해 들었어요.

그녀의 표정은 담담했다.

– 문선생님이 신화를 조사하러 왔다고 해서 좀 우스웠죠. 신화가 별건가요? 이 세상 일이 신화예요. 내가 바로 애기업개예요.

순간, 가슴이 콱 메었다.

– 엄마 고향이 제주여서 나는 뿌리를 찾듯이 제주도를 찾아갔지만 결국 아무도 만나지 못했죠. 엄마 고향이라는 내동에서도 엄마를 안다는 사람은 아무도 없었고 알만한 친척조차 모른다고 딱 잡아떼더군요. 분명 호적등본에는 외삼촌이라고 기록이 되어 있는데, 그 남자는 문밖에서 나를 내쫓더군요. 우리 엄마는 가족에게서도 버려졌어요.

내가 양선생을 경계한 까닭은 무엇 때문인가. 나는 곰곰 따져보았다. 나의 이기심 때문인가. 아니면 타인의 사생활에 깊이 관여하고 싶지 않은 내 성격이거나. 양선생의 이야기는 계속되었다.

　― 엄마는 나를 버렸고 나는 또 내 아기를 버렸어요. 애 버리는 것도 대물림하는 건가?

　가슴이 빠개지는 것처럼 아팠다. 바람이 거세게 불어 바다와 하늘이 몸을 섞으며 뒤채였다. 너울이 높아 기우뚱거리는 배가 바다에 곧 빠질 듯이 위태로워 보였다. 버려짐은 신화가 아니라 현실이다. 그 현실이 그녀의 뼈를 시리게 하고 피를 마르게 했다. 그녀는 신화처럼 곡절 깊은 삶을 사는 중이었다.

　― 엄마는 객사했어요. 길에서 죽기 전, 누군가에게 얻어맞아 멍든 자국이 퍼렇게 남아 있었대요.

　가슴을 쪼개는 통증이 계속되었다. 거센 바람 탓인지 점점 숨이 막혀와 고개를 섬 안쪽으로 돌렸다. 눈에 보이는 현무암, 현무암 사이마다 보라색 제비꽃이 바람에 잘도 버티고 있었다. 꽃잎이 작고 가냘픈 그 꽃은 바위를 아늑한 둥지로 삼았다.

　나는 바위 위에 앉아 다시 바다 쪽을 바라보았다. 드높은 파도가 바위를 텅텅 치면서 허공에 물방울을 뿌렸다. 푸른 바다에 흰 물결이 넘실거렸다. 이제 더 이상 배는 보이지 않았다. 배는 바다에 빠진 것일까. 귓가에 바람이 윙윙거리며 달려와 몸의 체온을 모두 빼앗아가는 듯했다. 너무 추웠다. 양선생의 목소리는 더 이상 들리지 않았다. 우는 걸까. 여태껏 나는 그녀가 이곳에 왜 왔는지 궁금해하지 않았던 것을 깨달았다. 내가 관심을 두지 않아서였을까. 그녀는 제 상처를 드러내며 내게 다가왔다. 슬픔이라고 말하기에는 너무 무거운 것이다. 가슴이 뻐개지는 것 같은 통증을 가슴에 품고 사는 사람이었다. 그 통증을, 깊디깊은 서러움을 어딘가로 쏟아내야만 했던 것이다.

— 하지만, 다 지난 일이예요. 이젠 아무렇지도 않아요. 난 성공한 셈이죠. 시인이잖아요. 돈도 없진 않아요. 능력도 이 정도라면 괜찮아요.

양선생의 목소리는 거센 바람에 흩어져 토막토막 끊겼다. 나는 그제야 그녀가 쓴 수필집 제목을 떠올리려고 했으나 제목조차 기억나지 않았다. 첫날 내게 슬쩍 내민 그녀의 책을 보지도 않고 휴게실 책장에 다시 꽂아두었던 것이다.

할망당 제단을 둘러싸고 있는 현무암 사이를 걸었다. 할망당 근처의 바위 군락지에는 돌채송화가 군집해있고 노란 괴불주머니가 바위에 둘러싸인 채 꽃을 피우고 있었다. 그 뒤쪽으로는 가시 돋친 손바닥선인장이 거센 바람을 팽팽하게 맞받고 있었다.

하늘과 바다는 이미 뭉개져 섞였다. 바람이 스카프를 헤치고 목 사이로 비집고 들어왔다. 오한이 들기 시작했다. 바닷사람들은 애기업개를 섬에 버려두고 떠났다. 나중에야 찾아와 뼈를 수습해 돌제단을 만들고 할망으로 신격화시킨 것은 그들의 씻을 수 없는 죄의식 때문일 것이다. 죽은 애기업개의 보복에 대한 두려움 때문일 것이다. 나는 그녀의 비밀을 본의 아니게 알아버린 부담감 때문에 가슴이 답답했다. 나와 무슨 상관이 있나. 바람이 거세져가는 탓인지 기침이 터져 나오기 시작했다. 공양주보살 일이라도 해야 살아갈 수 있을 거라고 했던 양선생의 말을 농담으로 들었다. 수라도에서 오래 눌러살고 싶은데 마음대로 될지 모르겠다고 했던 말도 진심이었나. 난, 다시 시작하고 싶어요. 이곳에 올 때는 사실, 정처가 없었죠. 끝없이 외로웠거든요. 식사준비 때마다 부엌에 들어간 건 미리 작정한 것인가. 그러나 늦깎이로 대학을 나와 시인으로 등단까지 했다면 공양주보살로 생을 연명할 정도는 아니다. 갑자기 머릿속이 혼란해졌다.

　― 무엇을 해야 할지 잘 모르겠어요. 어쩌다보니 여기까지 흘러 왔지만.

　바람소리가 귓가에 윙윙거렸고 어깻죽지가 아파오기 시작했다. 세찬 바람의 칼끝이 뼛속을 갉아내는 것 같았다.

　― 엄마가 길에서 비명횡사 했다는 소식을 전해 들었을 땐, 정

말 미칠 것 같았죠.

나는 점점 숨이 막혀오기 시작했다. 나 좀 데려가주소! 무인
도에 버려져 육지에서 사람이 오기만을 기다리며 굶어죽은 애기
업개. 외로움과 두려움에 지쳐 하늘을 원망했을 애기업개의 울
음, 저 바람.

나는 바람이 너무 심해서 마스크를 꺼내 입마개를 하고 모자
를 더 깊이 눌러썼다. 손가락 뼈 마디마디가 욱신욱신 저리고 아
렸다. 뒤를 돌아보았더니 그녀가 꼼짝하지도 않고 서 있었다. 그
녀의 긴 머리가 어느새 풀려 바람에 방향 없이 휘날리고 있었다.

그날 밤, 나는 잠을 이루지 못했다. 바람은 더욱 심하게 불었
고 뼈마디는 쑤시고 아려 참을 수가 없었다.

*

다음날은 해풍 때문에 배가 들어오지 않았다. 옷과 모자로 중
무장을 한 채 산책을 가기 위해 돌계단에 서 있었다. 섬에 안개
가 점령군처럼 진군해오고 있었다. 안개는 어디서부터 오는 것
인가. 바다는 안개에 먹혀 하늘과 땅이 구분되지 않았다. 안개

때문에 섬의 모든 것이 제멋대로 토막나있었다. 법천사 돌담조차 안개에 먹혀 형체가 사라졌다. 내 가랑이 사이로 안개가 흘러다녔다. 내 몸이 안개에 젖어들었다. 결국, 한 걸음도 더 떼지 못하고 뒤돌아 다시 법천사로 들어설 수밖에 없었다. 그때, 눈에 띈 것은 그녀의 방 유리창에 써 붙인 '正心(정심)'이라는 붓글씨였다. 매일 산책에서 돌아올 때면 '正心'에 시선을 두고 내 방으로 들어갔던 생각이 들었다. 어떤 생각이 그녀의 마음을 혼란하게 하는 건가.

저녁식사 때였다. 화주보살이 양선생을 가리켜 영험한 진짜 보살이라고 했다. 곡절 많은 생을 극복한 참다운 보살이며 지장보살처럼 자신을 희생할 사람이라는 것이다. 그녀의 삶은 텔레비전의 다큐멘터리에도 방영된 모양이었다. 나는 그녀가 누군지 전혀 몰랐다. 텔레비전을 좋아하지도 않고 세상 물정에 어두운 편인 나는 처음부터 그녀에게 관심이 없었다.

*

양선생은 법천사에 꼭 필요한 사람이 되어갔다. 포장마차부
터 시작해 최근까지 식당을 운영했다 했으니 공양주보살에겐 구
세주였다. 공양주보살은 김치는 물론, 나물 한 가지도 제대로 만
들지 않았다. 주지스님이 해외 출타 중인 절 살림을 부부인 회주
보살과 공양주보살이 맡고 있었다. 법천사의 분위기는 여느 절
과는 달랐다. 부엌살림에 능하지 못한 공양주보살은 애를 먹고
있던 참이었다. 그즈음 때맞춰, 요리에 능한 양선생이 찾아든 것
이었다.

양선생은 마을배를 통해 택배 하나를 받았다. 각종의 밑반찬
과 옷, 책들이었다. 서울에 있는 지인이 보내왔다는 것이다. 그
녀는 이제 오래 눌러살겠다고 했다. 공양주보살은 택배의 내용
물에 감탄했다. 박스 안에는 온갖 먹을거리들이 꼼꼼하게 포장
되어 있었다.

법천사는 더욱 화기애애한 분위기로 변했다. 양선생이 절 살
림에 본격적인 참견을 하며 별미를 만들기 시작한 것이다. 공양
주보살은 식사 준비에서 완전히 해방되었다. 부엌일에 젬병인

나는 어정쩡한 모양새가 되어 주방보조로 단숨에 전락했다. 전혀 원하지 않은 일이었다. 공양주보살이 공양시간에 목탁을 치지 않은 지 오래되었다. 여자 식객 둘이 부엌일을 맡아 목탁을 두드릴 필요는 없어졌다. 양선생은 남자 식객 진처사를 부르러 요사채 방까지 찾아갔다. 나는 그들과 저녁 늦게까지 술잔을 기울이기도 했고, 마을회관에 식사초대를 받아 갓 잡은 방어회를 먹고 오기도 했다. 그렇지 않으면 밥 한 끼도 제대로 못 얻어먹었을 것이다. 논문은 한 줄도 써지지도, 쓸 수도 없었다.

법천사의 돌담은 거의 완성이 되어갔다. 진처사가 떠나는 날은 보름 남짓 남았을 거라고 공양주보살이 지나가듯 말했다. 그는 밤이면 초소가 보이는 뒤뜰에서 나무를 깎았다. 법당 뒷마당에 아무렇게나 버려진 나무토막, 잘려나간 나무둥치를 정리하여 찻상과 탁자, 작은 의자들을 만들었다.

법천사 사람들은 양선생에게 길들어갔다. 화주보살은 기름기로 풍성한 저녁식사 때를 기다리게 되었다. 닭요리, 오리요리, 각종 튀김, 생선부침개, 지지고 볶은 나물이 상에 오르면 칭찬을 아끼지 않았다. 화주보살과 양선생은 식성이 거의 비슷해서 육식과 술을 좋아했으며 식사량 또한 많았다. 어릴 때 배를 곯은 탓에 생긴 식습관이라면서 그녀는 자신의 식사량을 조절하지 못한다고 했다.

　밤에는 마을사람들 몇이 절에 찾아와 술판이 벌어졌다. 수라도 관광객들은 섬에 체류하지 않았기 때문에 화주보살이 조심할 이유도 없었다. 수라도는 한 시간이면 걸어서 섬 전체를 충분히 구경할 수 있었으므로 낮과 밤의 수라도는 분위기가 너무 달랐다. 밤이면 너무 적막해서 무서울 정도였다.

　법천사의 그 누구도 양선생을 방해하지 않았다. 술자리가 길어지면 나는 슬그머니 요사채 방으로 돌아왔다. 새벽녘이면 휴게실에서 텔레비전 소리가 들렸다. 양선생이 그제야 돌아온 것이다.

*

　전직이 의상디자이너였던 공양주보살은 자신의 일을 시작했다. 의상 만드는 일에 속도가 붙기 시작해서 매일 재단을 하고 천을 잘라 재봉질을 했다. 아침 공양에 신경 쓰지 않게 되자 밤을 새우면서 옷을 만들었다. 제주도의 신도들로부터 새로 주문을 받게 되었다고, 희희낙락한 표정이었다. 이게 모두 양선생 덕

240

분이라면서 그녀의 몸 치수를 쟀다. 양선생의 옷 한 벌을 만들기 위해 디자인 구상부터 시작해 마름질로 온갖 정성을 쏟던 공양주보살은 밤을 새워 재봉틀을 돌렸다.

진처사는 표정이 밝아졌고 간혹 농담도 했다. 셋 만의 아침 식탁에서 그녀는 그에게 드러내놓고 접근했다. 진처사가 좋아하는 음식을 따로 놓아준다든지, 매번 숭늉을 구수하게 끓여 내오곤 했다. 그녀는 점점 식탐이 줄었다. 식사 후, 그녀가 찻자리에서 함께 차 마시기를 청했으나 진처사는 커피메이커에서 커피를 내려 혼자 밖으로 나갔다. 그녀는 그의 데면데면한 반응에 우울해진 표정을 감추지 않았다. 나는 마음이 뒤숭숭하기만 했다.

— 이따 밤낚시 가려는데 같이 가시죠.

산책을 나서는 우리에게 그가 말했다.

— 전, 낚시 좋아하지 않는데요.

내가 거절의 뜻으로 말했다. 섬의 어둠과 밤바람소리가 무서웠기 때문이다.

— 같이 가요. 내가 야식 준비할게요. 나도 밤낚시 좋아해요.

내 목소리를 자르는 그녀의 목소리는 흥분되어 있었다. 나는 그녀의 얼굴을 쳐다보았다. 속내가 분명하지 않은 얼굴의 이면에 정념이 출렁이는 것 같았다.

해가 바닷길을 따라 저물어가고 있었다. 수평선 저쪽, 붉은 햇빛이 가득한 물결은 비단길 같았다. 나는 무심히 그의 옆얼굴을 보았다. 저녁바다 빛에 반사된 얼굴은 도취된 표정이었다. 나는 그 얼굴에서 막막한 서글픔을 읽은 것도 같았다. 이생의 너머, 다른 곳에서 흘러온 이방인의 얼굴 같았다. 어미 없이 자란 바닷새의 외로움이 언뜻 스쳤다. 정처 없이 떠도는 자의 표정, 그들 둘은 닮았다. 가느다란 몸피에 삭발한 머리, 웃는 표정도 잔잔한 그는 혼자서 어디든지 흘러가려는 물과 같다는 생각이 들었다. 그의 알 수 없는 외로움은 숭숭 구멍 뚫린 돌과 같았다. 상처의 흔적이 제 몸이 된 현무암일 것이다.

– 밤에, 혼자서… 할망당에 오면 묘한 생각에 사로잡혀요. 울음소리가 사방으로 흘러 다니고.

그의 목소리가 무거웠다.

– 밤에 오면 무섭지 않아요?

내가 물었다.

– 글쎄요. 오히려 마음이 차분해져요.

그가 걸음을 옮겨 휘적휘적 앞장을 섰고 그녀는 그의 뒤를 따라 걸었다. 나는 걸음이 느린 탓에 맨 뒤로 처졌다. 공양주보살은 양선생과 진처사를 맺어주려고 생각하고 있었다. 그러나 그는 세상과 지나치게 먼 사람 같았다. 전국의 절을 찾아다니며 일을 해주다가 또 다른 지역으로 발길을 돌린다는 그는 한 곳에 머물지 못할 사람이었다. 나는 그녀가 밤낚시 채비를 하는 것을 보고 요사채 방으로 들어가 누웠다. 나는 밤낚시에 가지 않았다.

*

일상은 변함없이 반복되었다. 그녀는 일등주방장처럼 매일 별미를 만들었고 나를 보조역할로 당연시했다. 공양주보살은 쓰레기를 처리하는 일, 설거지와 뒷정리로 나를 내몰았다. 요리에 서툰 내가 할 수 있는 일은 그것뿐이었다. 처음에는 공손했던 공양주보살이 나를 함부로 대하게 된 건 자연스러운 순서였다. 법천사의 김치 담그는 일이 어쩌다 양선생 몫으로 되어버렸는지, 논문을 쓰기 위해 들어 온 내가 어쩌다 주방보조가 되어버렸는지, 도대체 무엇이 어떻게 잘못되어버렸는지 알 수 없었다. 나는 점점 지쳐갔다. 절에서 봉사하는 것은 당연했다. 그러나 나는 어쩌다 내가 이렇게 되어버렸는지 알 수 없었다. 그 누구에게도 곁을 허락하지 않았던 나. 나는 논문을 통과해야만 한다. 수라도 신화를 채록해 논문을 써내야 했다. 그러나 나는 한 줄의 글도 쓸 수 없었다.

날이 흐린 깊은 밤, 법천사 입구 전등불 아래 서 있다 보면 사방은 안개에 젖어 들었다. 안개는 부드럽게 흘러 다녔다. 돌담 사이로, 내 방 창문 아래로, 법당 계단 아래서 봄을 웅크리다 꾸물꾸물 덤벼왔다. 안개가 내 발밑에서 스멀거리며 올라왔다. 바다 위, 법천사는 밤안개에 갇혔다. 안개가 두려워 나는 문단속을 하고 유리창까지 꼭꼭 잠갔다. 그러나 습한 기운은 내 몸에 스며 들어 떠나지 않았다.

밤이면 기름진 닭튀김 냄새가 흘러 다니기 일쑤였다. 화주보살이 모살포에 나가서 일부러 닭고기를 사왔기 때문이다. 사찰에서 고기와 술을 즐기고 있는 그들은 마치 가족과 같았다. 기름 냄새가 역겨워 혼자 요사채로 돌아올 때, 나는 외톨이가 된 것 같았다. 나는 점점 그들과의 밥상이 지겨웠고 정체를 알 수 없는 두려움이 스멀거려 혼란스러웠다. 섬에서 빠져나갈 수 없을지도 모른다는 터무니없는 생각도 들었다.

나와는 달리 양선생은 불교방송을 보면서 신앙심을 다지고 매일 해수관음상 앞에서 향을 사르고 기도를 했다. 가끔 불당 청소도 했다. 양선생은 누가 보기에도 틀림없는 부처님의 제자였고 자비행을 실천하는 삶을 성실하게 살아가고 있었다.

마침내 명상센터를 운영하고 싶다는 공양주보살의 꿈과 보살행을 자처하는 양선생의 꿈이 의기투합했다. 양선생은 공양주보살이 가장 난감해하는 부분에 신의 한 수를 던졌다. 명상센터의 식단을 짜서 식당 운영을 맡겠다는 것이다. 그들의 계획은 들뜬 가운데서 제법 틀을 잡아가면서 구체화되었다.

─ 나는 버려진 사람들의 종교가 될 거예요. 아니, 종교 같은 어머니죠.

양선생이 이렇게 말했을 때, 보살 부부는 그녀에게 깊이 감동을 받았고, 나는 그녀의 결연한 의지와 꿈꾸는 듯한 표정에 겁이 났다. 진처사는 보이지 않았다.

─ 결국 우리는 예정된 인연이죠.

양선생의 말에 더욱 감동한 공양주보살은 그녀와의 인연설에 무게를 두었다. 나는 어디 한 군데도 쓸모없는 사람이 되어있었다. 그들과 더 친밀해질 수도, 멀어질 수도 없는 지경이었다. 나의 하루하루는 늘 피곤한 상태였다.

섬에 온 원래의 목적과는 달리 나는 마을 주민들을 쉽게 만나지 못했다. 원주민은 타지인에게 배타적인 어촌계의 사람들이어서 쉽게 접근하기 어려웠다. 수라도 입구에서 장사를 하기 위해 들어온 외지인들은 막배를 타고 모살포항으로 떠났다. 법천사에는 그들과 가족이 된 양선생과 진처사가 있었고, 나는 홀로 남은 외지인이었다.

나는 산책길에서 물질하는 해녀들을 물끄러미 바라보거나 높다란 바위 위에서 서 있다가 아래로 단번에 떨어지는 상상을 하기도 했다. 앞이 보이지 않을 정도로 안개가 짙고 바람이 심한 날이면 육지로 돌아갈 일이 너무 아득해져 불안감에 휩싸였다. 아직 논문의 기초도 잡지 못한 상태였다. 다른 연구원과 공동작업을 해야 했다는, 뒤늦은 후회가 그제야 찾아왔다. 나와는 달리 양선생은 마을사람들과 격의 없이 친해졌다. 법천사와 마을회관을 오가면서 음식공양을 함께 한 덕분이었다. 나는 고작해야 늙은 해녀의 톳자루를 두어 번 거들어주었을 뿐이다. 나는 수라도 안에서도 수라도 주민들을 멀리 구경만 했다.

양선생의 사교성 덕분에 법천사의 분위기는 활기로 가득 찼다.

그녀는 필요할 때면, 내게 천진하게 굴었다.

– 나는 문선생님한테 쓸개까지 보여주는데, 왜 자기 말은 한 마디도 하지 않아요? 진짜, 너무 서운해요.

　나는 그녀의 말에 겸연쩍게 웃고 말았다. 경계를 들켰을까. 모든 일에 익숙하지 못한, 사람과의 관계에 유달리 서툰 나는 괴로웠다. 정말로 그녀는 솔직한 사람인지 모른다. 문제는 내게 있었다. 내가 이곳 생활에 적응하지 못한 까닭이다. 그런데 보이지 않는 이상한 압박감의 정체는 무엇일까. 나는 희뿌연 안개에 갇힌 듯 자괴감에 빠졌다.

＊

　제주시에서 화가와 천연염색가 둘이 찾아왔다. 법천사 신도인 그들과 함께 식사를 하고, 차를 마시며 세상 돌아가는 이야기를 했다. 그때부터였다. 양선생은 그들의 눈길을 피하기 시작했다. 갑자기 말이 없어졌고 잔뜩 긴장하는 눈치였다. 공양주보살이 천연염색을 배우려고 초청했다는 염색장인은 눈매가 지나치리만큼 날카롭게 보였다. 사람을 쏘아보는 듯 관찰하는 눈매였다.

– 어디선가 본 듯해요.

염색장인이 고개를 갸웃거리며 양선생에게 말했다. 누구에게나 친밀하게 다가서는 양선생은 그날따라 손님들을 쳐다보지 않았고 반응하지도 않았다. 이상했다.

염색장인이 염색 이론과 함께 실습을 시작했다. 나는 염색장인의 제주도 사투리를 해석하느라 더욱 흥미 있었다. 천연염색에 관심이 많았고 해본 적이 있는 터라 이야기가 통했다. 적지에서 아군을 만난 것처럼 마음이 놓여 숨통이 트이는 기분이었다. 양선생은 무슨 까닭인지 눈을 내리깔고 시키지도 않은 잔심부름을 스스로 했다. 햇볕이 좋은 날이어서 감물 들인 광목을 풀밭에 펼쳐 놓을 때에도 입을 다물고 있었다.

점심식사는 방풍잎 즙을 내어 수제비를 만들기로 했다. 염색장인을 따라 수라도에 자생한다는 방풍잎을 뜨러 나갔다. 비어 있는 성당의 마리아상 앞 언덕에는 방풍잎이 지천이었다. 양선생은 일행과 멀리 떨어져 혼자 방풍잎을 뜯었다. 무엇 때문일까. 그녀는 염색장인을 경계하고 두려워하는 눈치였다. 얼굴이 어둡고 침울해져 있었다.

양선생이 말없이 부엌에 들어가 재빠르게 물일을 하기 시작했다. 그녀의 뒤에서 염색장인이 한 마디를 던졌다.

- 이상해, 참 이상해. 의심스러워. 분명히 아는 사인데 아예 모르는 척을 하네.

양선생이 흠칫, 하며 손을 멈추는 듯했으나 대꾸 한마디 하지 않았다. 나는 크게 신경 쓰지 않았다. 그녀는 그저 묵묵히 일했고, 나도 함께 식사 준비를 도왔다. 방풍잎을 믹서에 갈고 푸른 즙을 밀가루 반죽에 섞어 칼국수를 만드는 일이었다. 나는 수라도에 온 이후 처음으로 행복감을 느꼈다.

공양주 보살은 안채로, 식객인 우리는 요사채로 각각 들어갔다. 나는 오랜만에 동지를 만난 것 같았다. 신도회장인 화가는 피곤하다며 일찍 잠을 청했고 양선생도 컨디션이 안 좋다며 자기 방으로 들어갔다.

염색장인과 나는 휴게실 찻상 앞에서 깊은 밤까지 이런저런 이야기를 나누었다. 바다에 대해, 제주의 신화에 대해, 수라도의 지명에 대해 이야기를 들었다. 그제야 막힌 가슴이 뚫리는 것 같은 기분이었다.

*

다음날이었다. 신도회장은 법천사의 행사 준비를 위해 공양 주보살에게 몇 가지 지시를 한 후, 염색장인과 함께 떠났다. 그 날 하루는 조용한 일상이었다.

그 다음날 아침식사 때였다.

― 문선생님은 이상한 습관이 있어요. 왜 한밤중에, 아니 새벽 마다 샤워를 해요? 하루에도 몇 번씩 세수처럼 샤워를 하는 건 무슨 이유인지 몰라. 물소리 때문에 잠을 깨는데 아무래도 결벽 증 같아. 몸 씻는 소리까지 뽀드득 뽀드득 도대체 어디를 그렇게 깨끗이 씻어대는지. 이상해, 참 이상해. 아무래도 전직이 의심스 럽다니까요.

내가 숟가락을 막 집으려던 찰나였다. 깜짝 놀랐다. 그 말이 무슨 뜻인지 몰라 당황했다. 전직이 의심스럽다? 그건 염색장인 이 양선생에게 했던 말이었다. 나는 소름이 돋았다. 정체 모를, 알 수 없는 두려움이었다.

진처사는 아무 반응을 보이지 않고 젓가락으로 나물 반찬을 집었다. 그녀는 의미심장한 웃음을 흘리면서 나를 빤히 쳐다봤 다. 나는 한참 후에야 '이상해, 참 이상해. 의심스러워요'라는 말

250

을 들은 게 또렷이 생각났다. 염색장인이 했던 그 말은 무슨 의미인가. 양선생은 내게 그 문장을 똑같이 돌려줌으로써 보복한 셈이라고 생각했을까.

— 아, 그건… 새벽에 일찍 일어나 씻는 건 습관이에요. 그래야 정신이 맑아서 책을 볼 수 있으니까.

나는 태연을 가장하며 나직하게 말했다. 진처사는 평소처럼 빠른 식사를 마친 후, 빈 그릇을 들고 개수대로 갔다. 양선생이 말렸으나 그는 대꾸하지 않고 설거지를 마쳤다. 나는 밥을 먹는 둥 마는 둥 애써 마음을 가라앉힌 후에 주방으로 나갔다. 내게 맡겨진 주방의 허드렛일은 당연한 수순이 되어 있었다. 진처사가 커피메이커의 커피를 따른 다음, 밖으로 나간 후였다.

나는 요사채 휴게실로 돌아가 바다 쪽으로 고개를 돌리면서 오랫동안 혼자서 차를 마셨다.

오후에 들어오는 마을배를 타려는 생각으로 재빨리 짐을 꾸리기 시작했다. 몇 권의 책은 요사채의 서재에 꽂아두고 챙겨온 다구와 차도 모두 휴게실에 두었다. 그동안 입었던 옷은 뒤뜰에서 불에 태웠다. 나는 모든 짐의 무게가 부담스러웠다. 옷과 소품을 태우는 불길은 순식간에 재로 변했다. 꼭 필요한 물건만 작은 가방에 넣은 후, 안채의 공양주보살을 불렀다.

  – 돌아가려고요. 가봐야겠어요.

  – 왜 벌써 떠나시게요? 무슨 일 있어요, 왜 갑자기 그러세요?

  공양주보살이 깜짝 놀라는 표정이었다. 무슨 영문이냐고 물
으며 당황한 얼굴이었다.

  – 그러세요. 좀 오래 있으려고 했는데 서울에서 전화가 왔네
요. 어머니가 편찮으시대요.

  – 그러면 나가셔야겠네. 아휴, 어쩌나. 서운해서.

  요사채의 짐을 가지고 나오는데 양선생이 빠른 걸음으로 걸
어오고 있었다.

  – 저는 어떡해요? 이제 나 혼자서….

  양선생의 믿기지 않는 표정은 공허해 보였다. 이제 막 재미
붙인 장난감을 순간에 놓쳐버린 표정과도 같았다. 소름이 끼쳤
다. 두려움의 정체를 그제야 알아차렸다. 수라도는 관광객들이
스쳐 지나가는, 밤이 되면 적막하고 무료한 곳이었다. 그녀는 법
천사 사람들의 입맛을 길들여가면서 나를 조롱하고 있었다. 그
녀의 요리 실력은 나를 부리는 권력이 되었다. 그것이 사실이었
음을 확인하는 순간, 더욱 기가 막혔다. 그녀의 실망하는 표정은
두드러졌다. 나는 그녀의 얼굴에 드러난 표정의 변화를 놓치지

않았다. 그녀는 고개를 들어 먼 바다를 바라보더니 숫제 그때부터 침묵이었다.

― 문선생님도… 이제 가시면 안 오실 거잖아? 그러면 오늘 가지 마시고 내일 떠나세요. 참, 오늘은 배가 안 뜬다고 했는데. 바람이 심해서요. 아까 못 들으셨어요?

나는 당황했다. 맞다. 배가 뜨기에는 정말로 날씨가 좋지 않았다. 오늘은 배가 들어오지 않을 것이다. 나는 너무 급했던 것이다. 역시 그녀가 한 수 위였다.

― 아니.

내가 고개를 흔들었다.

― 뜰지 안 뜰지는 모르겠네. 선착장에 전화 해보세요.

양선생이 금세 사람 좋은 표정이 되어 나를 보고 빙긋이 웃었다. 그녀의 입꼬리가 샐쭉 비틀렸다.

선착장에 전화를 했다. 안개가 짙고 바람이 심해진다는 이유로 배는 들어오지 않는다고 했다. 나는 어쩔 수 없이 하룻밤을 더 지내야 될 상황이었다.

― 송별회 하라고 도와주네요.

여유를 찾은 그녀는 숫제 싱글거리고 있었다.

― 왜 저보다 먼저 떠납니까? 애기업개 전설은 어찌 됐어요?

뭘 쓰긴 했어요? 그거 제대로 쓰려면 오늘처럼 안개 짙은 밤에 가야 합니다. 그래야 뭐라도 건져요.

언제 왔는지 진처사가 말했다. 그의 말에 더 숨이 막힐 지경이었다. 이제 수라도가 감옥 같다는 생각이 들었다.

*

섬에서의 마지막 밤, 휴게실에서였다. 양선생의 긴 머리는 조금 헝클어져 있었다.

– 이유를 모르겠어요. 다들 나한테 한 마디 말도 없이 떠나버리죠.

그녀는 담담하면서도 무겁게 말했다. 그 목소리는 겹겹 숨어 있는 서러움 같았다. 나는 대꾸하지 않았다, 미동도 하지 않은 채, 시선을 유리창으로 보냈다. 보이지 않은 밤바다를 애써 보려는 건 아니었다. 형광등 아래, 그녀의 얼굴은 보기 안쓰러울 정도로 애잔했다. 나는 그 얼굴을 외면하고 싶었다.

– 다들, 똑같아. 배신을 밥 먹듯이 하는 것은.

그때, 그녀가 어느 아침에 내뱉은 말이 떠올랐다. 듣기에 참으로 거북한, 묘한 뉘앙스를 풍기는 말을 서슴없이 내뱉은 목소리가 기억났다. 혼란스러웠다. 더 있다가는 어떤 봉변을 당할지도 모른다는 불안이 나를 압박했다. 이제 더는 그녀에게 휘둘릴 수 없다. 나는 대답하지 않았다.

— 난 여기서 살고 싶었어요. 새로 시작하고 싶었어요.

나는 이번에도 반응하지 않았다. 무슨 말이라도 하게 되면 우렁이 속 같은 그녀의 어둠에 붙들릴 것 같았다. 보이지 않는 어둠 속으로 붙잡혀 들어갈 것 같았다. 어쩌면, 나는 떠날지 말지 갈등하다 맥없이 이곳에 주저앉게 될지도 모른다.

양선생은 벽에 걸린 달력을 무연히 올려다보았다. 나는 모르는 척, 상관하지 않았다. 침울한 표정을 감추지 않은 그녀가 나를 향해 야릇한 미소를 지었다. 몸에 소름이 돋았다.

그녀가 먼저 일어나 자기 방으로 들어갔다. 달칵, 하고 문을 걸어 잠그는 소리가 지나치게 크게 들렸다.

밤이 깊어갈수록 바다는 요동을 쳤다. 비바람이 불어 너울을 깊이 일구고 있었다. 안개 속, 너울은 바다 밑의 깊은 어둠까지 끌어올려 허공으로 하얗게 차오를 것이다. 바다 속에서 허공까지 끌려 나온 파도는 바위에 부딪혀 소금처럼 흩뿌려질 것이다.

가슴이 먹먹하고 생각이 많아져 잠을 이룰 수가 없었다. 양선 생은 버림받은 사람들의 어머니가 되겠다고 했다. 봉사하는 삶을 살겠다고 했다. 하지만 그녀가 버린 아기는… 내게 행하는 무언의 폭력은 왜일까. 알 수 없었다. 그녀의 정체는 무엇일까.

— 아, 선생님. 여기 수라도예요. 오실 수 있겠어요? 물론 저혼자 왔죠. 내일 당장이라도 좋아요. 제주 공항에 내려서 110번을 타면 모살포에서 내려 수라도 들어가는 배를 타면 되죠. 배는 하루 네 번 있고요. 도착시간 알려주면 제가 마중 나갈게요.

양선생의 톤이 넓은 목소리였다. 그녀의 웃음소리가 크게 들렸다. 방음이 되지 않은 황토벽을 통과해 진동하듯 점점 크게 들렸다.

— 그럼요. 선생님이 오신다면야 저는 언제까지 기다릴 수 있죠.

나는 그녀의 활달하고 경쾌한 목소리를, 과장된 웃음소리를 엿들을 수밖에 없었다.

나는 유리창 바깥의 캄캄한 바다를 내다보았다. 칠흑 같았다. 안개가 창틈으로 순식간에 스며들어왔다. 잊고 있던 통증이 살아났다. 손가락뼈가 에일 듯이 아팠다. 손목의 통증도 다시 시작되었다. 서울에서 전화가 온 건 거짓말이었다. 내겐 어머니도 아버지도 없다. 내게 전화를 걸어서 빨리 돌아오라고 말해줄 가족은 아무 곳에도 없다. 유리창 틈새로 굼실대는 안개가 방으로 어느 틈에 스며들어왔다.

 ─ 나만 놔두고 다 떠나, 응? 내가 뭘 그리 잘못했는데…으으.

 울음소리였다. 양선생의 길고 서러운 울음소리가 통곡처럼 들렸다. 나는 가슴이 빠개지듯 아팠다. 자리에서 일어나 방문의 걸쇠를 다시 확인하고 이불을 뒤집어썼으나 통증 때문에 끝내 잠들 수 없었다. 그녀의 울음은 내 방의 틈 사이를 안개처럼 점령해오고 있었다. 벽과 창문을 통과해 스멀거리면서 아프게 스며들어왔다.

심연에 가 닿기,
또는 슬픔의 존재론

– 김현주의 작품 세계

김진수

소설은 허구야.

인물의 정보가 중요한 게 아니라고.

내 작품이 모호하다고 하는데

그건 인물의 내면이 강조되어 있기 때문이지.

— 「붉은, 행간」에서

1.

"위태로운 행복이 노숙자 같은 불안을 데리고 침실까지 들어온 것이다"(「붉은, 행간」).

『메리골드』에 실려 있는 소설의 한 문장이다. 대부분이 그렇다. 겉보기로는 지극히 평범한, 심지어는 한가해 보이기까지 한 일상은 늘 '위태로운 행복' 위에서 간신히 지탱되고 있는 듯하다. 이 위태로운 행복을 권태나 공허의 다른 이름이라고 해도 좋다. 그것들은, 비록 애초에는 미세하긴 하지만, 일상에 나 있는 치명적인 하나의 '틈'이다. 사실상 일상은 온통 틈투성이긴 하다. 이 일상 속으로 언제든 '불안'이 엄습해 들 수 있다는 뜻이겠다. 그리고, 불안은 늘 새로운 동반자를 불러들인다. 불면은 불안의 가장 좋은 짝패다. 불안이 틈입한 침실에는 불면의 밤 이외에 그 어떤 것도 존재하지 않는다. 만성적인 '불면'의 모티프는 김현주의 작품 세계 전반을 지배하는 가장 강력한 심리학적인 문제적 징후, 정확히 말하자면 하나의 신경증적 증상의 표현으로 자리한다. 그러니, 그 '틈'은 김현주의 소설 세계로 들어서기 위한 관문으로 놓여 있는 셈이다. 문제는, 틈이기에 그 관문이 그리 넓지 않다는 사실이다. 하지만 그 문을 통하지 않고서는 '침실'('창작의 산실'이라는 의미에서)까지 들어갈 방도는 달리 없어 보인다. '노숙자 같은 불안'을 가장하여 그 틈으로 들어가지 않을 수 없는 까닭이다. 어쨌든 틈은 또한 '트임'이기도 하니까 말이다(김현주의 작품 세계에서 이 '틈'을 문학적 전문어로 번역하자면 '행간'이 된다. 작가는 그것을 '숨은 표현'이라고도 달리 말했다; 「붉은, 행간」).

발을 디딜 때마다 몸을 부풀린 틈이 그녀의 무게를 못 이겨 더 크게 벌어졌다. 현관문을 뒤로 하고 재빨리 몸을 빼려 했다. 검은 틈 때문에 현관문이 흔들렸다. 쾅, 문이 닫히면서 황급히 엘리베이터 앞에 섰다. 집요한 틈새는 끼익 소리를 내면서 엘리베이터 안까지 따라 들어왔다. 틈이 그녀의 몸을 마구 흔들었다. 무서워 혼이 나갈 것만 같았다.

— 「붉은, 행간」 가운데서

'삼각관계의 욕망 구도'를 다루고 있는 「붉은, 행간」은 소설 속에 소설 〈중독〉을 배치한 일종의 변형된 액자소설 형식을 갖고 있다. 배우이자 연출가인 애인 에스와 소설가 남편 케이 사이를 떠돌다 남편을 떠나보낸 후 그의 소설 〈중독〉을 무대에 올린 연극배우 '그녀'가 주인공이다. 그녀는 위에서 인용된, '틈'으로 벌어진 자신의 운명을 다음과 같이 예고했다. "다시는 오지 않을 생의 열대, 나는 절명할 것이다. 그녀가 오랫동안 고심했던 대본의 문장이다. 요절한 케이가 마치지 못한 소설의 결말을 그녀가 완성했다". 여기에서 '생의 열대'는 사랑과 욕망 사이를 왕복하는 들뜬 존재의 상태를 지시하는 표현이겠다. '들뜬 존재'의 상태에 대해서 진실을 말할 수는 없다. 그녀의 남편이 쓰고자 했던 〈중독〉은 진실을 전하지 못한다. "그녀의 진실은 케이가 쓸 수 없었던 문장과 문장 사이에 존재했다, 페이지와 페이지 사이에 존재했다. 그것은 남편 케이가 결코 이해할 수 없을 공허감이었다. 독자에게 전달되지 못할 그녀의 공허를, 케이는 글로 쓸 수 없어 밤을 지새웠다". 어쨌든 그녀에게나 남편인 케이에게나 남는 동일한 증상은 '불안'이 불러들인 '불면'일 뿐이다. 아마도 그 뿌리에는 남편의 죽음과 그녀의 '절명'이 예고되어 있었던 듯하다.

김현주의 작품 세계는 대부분 무심한 듯 보이는 일상의 틈을 통해 불현듯 출몰하는 과거의 상흔들, 가령 이별이나 소외 혹은 죽음 같은 치명적인 상실과 부재의 체험(트라우마라고 해도 되겠다)에 그 뿌리를 둔 것으로 보이는 불안(여기에서는 우울과 분리해서 논하지 않는다)이라는 심리학적 징후가 주된 모티프로 설정되어 있다. 『메리골드』의 세계가 사랑하는 사람들이나 부모, 혹은 공동체의 사회나 국가로부터 버림받고 소외된 자들의 아픔과 슬픔의 장이 되는 까닭이다. 그렇기에 김현주의 작품 세계에서 '불안'은 상실과 부재의 체험에 의한 '슬픔'이라는 존재론적 사태로부터 솟아난 하나의 현상적 사건으로 내게는 이해된다. 하이데거M. Heidegger의 전문 용어를 빌려 말하자면, '비고유성Uneigentlichkeit'의 영역으로서 일상('위태로운 행복')이라는 존재의 지평에 뚫린 틈('불안')을 통해 존재자의 진리가 드러난다('망각lethe'으로부터 '벗어난다a'는 의미에서 '아레테이아Aletheia'로서)고 말할 수도 있을 것이다. 하이덱거가 예술을 '비−은폐성 Aletheia'(혹은 '탈−망각')으로 규정했듯이, 어쩌면 작가에게 있어서는 '소설'이라는 글쓰기 역시 일상에 난 불안이라는 틈을 통해 존재의 내면/심연을 드러내고자 하는 노력의 일환으로 간주되고 있는지 모르겠다. 자연스럽게도, 그 노력은 이야기를 멈추는 순간 죽음이 예고되어 있는 『천일야화』의 '세헤라자데'(「빅 블루」)의 운명을 떠올리게 한다. 그것은 '망각'이라는 존재론적 죽음과의 싸움이며, 죽음을 담보로 한 싸움이기 때문이다.

나는 어쩌면 『그랑블루』의 주인공처럼 깊이 잠수하는 병에 걸린 것일까. 빅 블루, 푸른 바닷속으로 책이 떠다니면서 작가가, 작가가 만든 주인공이, 작가가 썼던 문장들이 돌고래처럼 헤엄치거나 솟구쳐 오르는 것을 연상하면서… 죽는다. 푸른 바다로 몸을 던진다. 돌고래의 목소리와 교감한다. 그리고 더 깊이, 깊이, 바다 맨 밑, 심연으로 떠난다. 막막한 소설의 바다. 나의 돌고래, 책을 향해 몸을 던진다. 푸르게 빛나는, 그랑블루. 나는 살고 싶은 걸까.

나는 '의식을 잃으면서'도, 허공 같은 공허, 일상을 붙잡
지 않았다. 몽상의 바다, 책의 바닷속으로 들어가 푸른 숨
을 멈추었다.

— 「빅 블루」 가운데서

　　『메리골드』는 첫 소설집 『물속의 정원사』(문학과지성사, 2003)
가 세상에 나온 지 20여 년의 세월이 흘러 새롭게 출간된 작가
생애의 두 번째 소설집이다. 만만치 않은 시간의 풍화와 중력의
흔적만큼이나, 또한 결벽에 가까울 정도로 과작인 작가의 새 소
설집에는 오랜 연륜이 갖는 세련된 감각과 웅숭깊은 사유의 글
쓰기로 직조된, 집요하지만 또한 무심하기까지 한 인간 존재론
의 내면 풍경과 지층이 촘촘히 새겨져 있다. 섬세하고도 감각적
인 문장은 덧없는 사랑과 욕망처럼 아름답긴 하지만 비극적인
정조로 침윤되어 있으며, 인물의 심리 묘사가 대부분은 지극히
건조한 사물과 존재들의 풍경으로 환유되어 있는 단편적인 서사
들은 항구적인 소멸과 죽음의 편린들처럼 엄혹하고도 치명적인
존재의 사건을 내재화하고 있다. 『메리골드』는 그렇게 존재와 부
재의 아픔과 슬픔이 씨줄과 날줄로 교직되어 마치 '슬픔의 존재
론'이라고 할 만한 하나의 내면 풍경을 완성해낸다.

사실상 김현주의 소설 세계는 대부분 이별의 아픔과 상실의 고통을 인간 존재론의 미시적-심리적 차원에서 포착하고 있다. 인간 존재의 내면/심연의 미세한 울림/떨림을 포착해내는 것은 이 작가의 능기에 속하는 듯하다. 저 제사題詞에 인용된 표현을 빌리자면, 작가에게 있어서 중요한 것은 '인물의 정보'가 아니라 '인물의 내면'이기 때문이다. 세월의 풍화와 더불어 기억 속에서 점차 지워져 희미해져 가는 개별 존재의 사태들이나 시대 혹은 역사의 의미의 불확실성에 대한 통찰 속에서, 작가는 존재의 풍경과 부재의 흔적을 거의 고고학적 수준에서 탐사한다. 『메리골드』에 수록된 거의 모든 작품의 모티프로 자리하고 있는 기억 상실/망각과 불면과 우울, 불안의 감정들로 모자이크된 신경증들은 이러한 존재와 부재의 불확실성에 대한 신체적 증상 또는 상징적 징후로 읽힌다. 물론 이 같은 존재론에서 '기억'은 손바닥으로 움켜쥔 모래알처럼 빠져나가는 존재의 흔적인 동시에 또한 어떤 부재가 출현하는 장소이기도 하다. 그 자리에는 존재와 부재의 사태를 둘러싼 모든 사건이 희미한, 따라서 '모호하다'고밖에는 말할 수 없는 흔적들로 남아있긴 하지만, 기억 상실과 불면을 동반하는 불안과 우울은 또다시 이 모든 사태조차 불확실하게 흔들리는, 따라서 과거-현재-미래라는 선조적/인과적 시간

관념조차 무의미하게 만드는 실존적 삶과 존재의 풍경을 투사해 낸다.

물론 사랑의 아픔과 욕망의 슬픔이, 적멸의 외로움과 죽음의 공포가 이 숙명적인 존재론의 장엄하고도 숭고한 배경이 되고 있음에는 두 말을 요구하지 않는다. 그렇기에 김현주의 작품들에는 섬세한 여성적 아름다움과 심오한 남성적 숭고의 감정이, 존재의 생성과 소멸이, 사랑과 욕망의 격렬함과 덧없음이, 삶과 죽음처럼 섞일 수 없는 모순된 것들이 서로의 어깨를 걸고 동행한다. 대립된 것들의 공존이 야기하는 모호함과 심연의 깊이가 똬리 틀고 있는 그곳에서 이 작가의 고유한 소설 세계를 특징짓는 '그로테스크 미학'이라고나 지칭할 만한 것이 출현한다. 비극적 서사를 아우르는 간결하고도 단아한 문장은 그 자체로 낯설고도 기괴한, 이물스럽고도 불편한 감정을 환기하면서 이 미학을 형식적으로 선취해낸다. 익히 잘 알려진 것처럼, "현실의 시간이 존재하지 않는"(「물속의 정원사」) '이곳'의 현재와 도래할 것 같지 않는 미래와 이미 사라졌거나 연결고리가 끊긴 듯한 기억/망각의 단편에 의존하고 있는 과거의 시간으로 축조된 그 세계가 음울하다거나 모호하다는 세간의 평가는 모두 이러한 지점을 향해 있는 것처럼 보인다. 하지만 또한 김현주의 소설이 지니는 이 같은 특징들이야말로 작가가 당대의 현실과 역사에 직면해 고투하면서 치열하게 그려낸 인간 존재와 올곧은 시대의 초상이라고 나는 믿는다. '실종'과 '부재'와 '황폐'로 특징지을 수 있는 바로 이 '모호성Zweideutigkeit'이야말로 우리가 함께 견디고 있는 현대적 인간의 실존적 삶과 역사의 특징이 아닐까 싶은 것이다. '슬픔의 존재론'이 동시에 '슬픔의 사회학'이 되는 연유이다.

2.

김현주의 작품 세계 전체를 근원적으로 관통하고 있는 핵심적인 심리적 모티프는, 앞서 언급했듯이, '현대'의 고유한 특징으로서의 '불안Angst'이다. 이 개념으로서 내가 의미하고자 하는 바는 공허함 내지는 의미/중심의 상실이라는 '현대적인' 정신의 고유한 경험과 연관된다. 『메리골드』에서 현대 사회의 억압과 현대인의 실존적 불안을 섬뜩하게 파헤친, '책은 도끼다'(「빅 블루」)라고 선언한 카프카F. Kafka의 이름이 발견된다는 사실은 새삼 놀랄 일이 아니다. 마치 1931년의 한 일기에서 카프카가 "키에르케고어는 늘 곁에 있는 친구처럼 내가 누구인지를 확인시켜준다"고 말한 사실이 그리 놀랄 일이 아닌 것처럼 말이다. 키에

르케고어S, Kierkegaard야말로 이 현대적 '불안'을 발명한 최초의 고안자였기 때문이다. 그는 불안, 그것은 바로 '밝아오고 있는 내일'이라고 말하지 않았던가?

"'그의 몸은 자주 탈이 났다. 피부에 붉은 반점이 생기거나 창백해지고, 발진이 돋는가 하면 때로 속이 메슥거리거나 토악질이 나왔다.' 이건 내 경우다. 나도 위 문장과 비슷한 경우를 겪으며 신체 증상에 대해 숱하게 썼다. 소설 「약」을 읽기 이전의 일이었다. 이토록 똑같을 수 있나. 정말 환장할 지경이었다. 알리세르 파이줄리에브, 그가 먼저 썼으니 이젠 내 고유한 문장이 아니다"(「빅 블루」). 하나의 예에 불과한 단락이다. 『메리골드』에 실린 작품들에서 주로 예술가(시인, 작가, 화가, 도예가, 연극배우 등등 수많은 인물들)의 내면적 심리 묘사 속에 등장하는 신경증의 징후들은 불안, 습관적인 불면, 환각, 긴장감, 탈이 자주 나는 몸, 역류성 위염, 토악질, 현기증, 가슴 통증, 실어증, 이명, 삶과 불화하는 불안하고도 기이한 감정, 정처 없는 삶의 외로움과 슬픔과 죽음에 대한 두려움과 공포와 환영 등의 다양한 모습으로 출현한다. 물론 이 신경증적 징후의 목록에는 죽음에 대한 공포에 동반하는 그것에 대한 동경 또한 마땅히 포함되어야 할 것이다. 달리 말해서, 『메리골드』라는 작품 세계는 살아있는 인간 존재의 생생한 내면 감정들(주로 부정적인 것들이긴 하지만)의 무대가 된다는 뜻이다. 그렇기에 '인물의 내면'이라는 작가의 표현은『메리골드』의 작품 세계를 설명하는 데 더없이 적합한 표현이 아닐 수 없다. 인물을 그 내면의 존재론적 지층으로부터 탐사하면서 인간이라는 존재 자체를 이해하고 또 표현하고자 하는 작업이 작가에게는 바로 소설이라는 장르였던 모양이다. 어쩌면 '살아있는 존재의 내면의 무대'로서의『메리골드』의 작가에게는 문학적 글쓰기 역시 하나의 신경증적 증상, 다시 말해 어떤 심리적 내면의 상징적 징후에 속하는 것일지도 모르겠다. 그렇기에 작가의 글쓰기는 단순히 개별적인 존재의 '심리학적' 문제라기보다는 '예술이란 무엇인가"라는 질문에 대한 하나의 '미학적'이거나 '사회학적' 문제를 제기하고 있다고 해야 하리라(이러한 사실을 강조하고자 하는 것이 이 글의 목적이기도 하다).

최종적인 의미를 부여해주는 심급이 존재하지 않는다는 사실의 '현대적' 경험으로서의 '불안'은『메리골드』라는 '낯선', 따라서 '모호한' 소설 세계로 들어가기 위한 하나의 불가피한 관문이라고 이미 말했다. 그리고 그것이야말로『메리골드』의 작품 세계에 난 하나의 '틈/트임'이다. 불안은, 두려움이나 공포가 특정한 대상을 갖는 반면, 특정한 대상을 갖지 않는다는 점에서 우선 구별

된다. 이 개념의 고안자에 의거해 보다 정확히 말하자면, 불안의 대상은 무엇보다도 '무Nichts'라는 뜻이다. 불안의 불확정성 혹은 모호성의 뿌리가 바로 그것이다. 우리가 어떤 심연을 응시할 때 느끼는 현기증 같은 것을 떠올리면 정확히 이 사태를 이해한 것이 될 듯하다.[1] '모호성'이 불안이라는 심리적 개념의 분석에서 핵심적인 역할을 감당해야만 할 이유이다. 『메리골드』라는 작품 세계의 모호성은 바로 이 같은 근원을 갖는 것처럼 보인다. 거기에서 불안은 모호하고 다의적인 개념이 된다. 마치 사랑이라는 감정이 그러한 것처럼 말이다. 어쨌든 중요한 것은, 이 불안이 '인간으로서 존재함'에 부가된 불가피한 현상이라는 사실이다. 그것은 두려움이나 공포와는 달리 더 불확정적인 동시에 더 포괄적인 성격을 갖는다. 물론, 이 불안의 종국에 똬리 틀고 있는 근원적인 것은 총체적 파국에 대한 예감, 다시 말해 존재의 지반 자체를 와해시킬 수도 있는 파멸과 몰락에 대한 예감일 터이다.

---

[1] 이 같은 모호성 속에서 하나의 결단을 촉구하는 이 현기증 같은 불안이야말로 또한 인간 자유의 가능성이라고도 키에르케고어는 말했다. 하지만 그는 또한 역설적으로, 자유는 불안 속에서 침몰할 수도 있다고 말한다. '자유의 현기증'으로서의 불안은 그렇게 인간 존재의 가능성과 파멸성을 동시에 연출할 수 있다.

「빅 블루」는 『메리골드』라는 소설집 전체의 정신적—심리적 분위기를 압축적으로 담고 있는 하나의 전형적인 작품이다. 소설 속에는 1957년 타슈켄트에서 태어난 우즈베키스탄 작가 '알리세르 파이줄리에브'가 쓴 「약」이라는 단편소설이 자주 언급되고 또 많은 부분 인용되어 있다. 말하자면 「붉은, 행간」처럼 이 역시 변형된 액자소설의 형식을 취하고 있는 이 작품에는 '문학 병'을 앓고 있는 소설가 주인공 화자가 등장한다. 이 작가는 소설을 쓰고 싶은 마음은 간절하지만(그는 "문학, 고질병에 약이라면 쓰는 일인데, 쓰지 못하고 있다". "일상적인 인간실격, 소설가로 겨우 이름은 얻었으나 제대로 쓰지 못하니 소설가실격!"인 존재이다), 결국에는 다른 작가의 작품을 읽기만 하는("가슴을 설레게 하는 효능이 없는, 진부하기 짝이 없는 책과 같은 나는 절망한다. 나의 약물, 더욱 새롭고 독한 약, 머리를 쾅! 내리치는 책은 어디에 있는가") 몽상가이기도 하다. 작가로서의 그는 '세헤라자데', 즉 "죽지 않기 위해 이야기를 매일 만드는 여자"이다. 그렇기에 작가인 그에게 '소설'은 죽지 않기 위해, 다시 말해 죽음이라는 '무Nichts'의 불안을 이겨내기 위해 계속 이야기를 지어내야만 하는 치명적인 고질병에 속한다.

하지만 동시에 문학은 그에게 죽음의 공포와 불안을 치유할 수 있는 유일한 약이기도 하다. 이야기를 계속하고 있는 한, 글쓰기를 계속하고 있는 한에서만 그는 죽음의 불안을 해소할 수 있기 때문이다. 그런데 사실상 이 소설 속 이야기의 주인공인 작가가 자신의 소설/이야기에 집착하는 또 다른 이유는 사회-정치적 맥락을 갖고 있다. 다시 말해 거기에는 사회-이데올로기 비판적 메시지가 함축되어 있다는 뜻이다. 작가인 그는 다음과 같이 썼던 것이다. "발표하지 못하는 글을 꾸준히 쓸 수 있는 작가의 글쓰기는 개인적인 것 같지만 당연히 사회적이며 시대성을 띤다, 고 속엣말을 노트에 썼다". 사실상 죽음의 불안과 공포의 위협은 작가 개인의 심리학적 내면의 사태이긴 하지만, 동시에 '현대'라는 관리와 통제 사회의 외부로부터 오기도 한다. 이 현대는 개인의 심리적 내면에까지 그 관리와 통제의 끈을 드리우고 있기 때문이다. 거기에서 개인은 '마리오네트'(『붉은, 행간』)에 불과한 존재가 된다. 그렇기에 이제 불안은 단순히 개별 심리학적 문제를 넘어 사회학적 문제로 전화된다.

국가의 예술인단체가 인정하는 작가가 되어야만 자본의 친절한 간섭 아래 각종 지원금을 받는다. 위대한 자본주의 만세. 작가는 출판비와 원고료와 각종 복지 혜택을 약속받기 위해, 소설의 시놉시스를 써서 보고서를 제출했다. 그 시절 자본의 거미줄에 걸린 가난한 곤충이 된 나는 타란튤라 같은 맹독의 국가에게 신상품 프로젝트를 제출하기 위해, 결론적으로는 돈을 벌기 위해, 활동 실적을 프로필에 남겨야 했기 때문에 '소설 쓰는 시간'을 착취당하기도 했다.

ㅡ「빅 블루」 가운데서

소설집의 표제작 「메리골드」는, 그 꽃말이 의미하듯이, '이별의 슬픔'을 몽환적인 분위기 속에서 그려낸 작품이다. 여기에서 '노란 메리골드'는 어떤 '불길함', 즉 무언가 좋지 않은 일이 일어날 것 같은 불안을 야기한다("노란 메리골드, 역시 불길해"). 보다 정확히 말하자면, 그것은 '죽음'으로 인한 '이별'의 슬픔과 불안의 상징이다. 그 불길함의 징조는 소설 속의 배경이 되고 있는 갤러리 앞에서 난 교통사고로 인해 한 노인이 죽는 사건으로 인해 더욱 강화된다("그런데 내 건물 앞에서 교통사고가 났다. 꽃 때문에 노인이 죽었다. (…) 그 이후, 건물 왼쪽으로 장례식장이 생겼고 오른쪽에는 작은 교회가 들어섰다. 건물의 순서대로면 장례식장 옆 갤러리, 갤러리 옆에는 교회가 있다"). 도자 갤러리와 작업실 건물("갤러리 건물은 내가 전남편에게 받은 위자료 전부를 투자해 땅을 사서 지은 것이다")을 운영하는 도예 작가인 '나'와 전시실과 작업실 2층 '행복한 꽃카페'의 동갑내기 '이혼녀'인 진서영('나'와 마찬가지로 재혼한 남편의 '전처' 이미지를 가진)의 긴장 관계를 서사의 축으로 삼고 있는 이 작품은 광기에 사로잡힌 것처럼 보이는 도예 작가인 '나'의 이해할 수 없는 현기증과 발작을 주된 모티프로 삼고 있다. 사실상 이 소설의 긴장을 만들어내는 '나'의 감정의 밑바닥을 관류하고 있는 것은 '불안'과 '질투'로 보인다. 왜냐하면 진서영은 남편의 전처 모습과 닮아있기 때문이다. 그녀에 대한 이 같은 감정은 다음과 같은 서술 속에서 분명히 드러난다. "사진 속 여자, 그의 전처는 웨딩드레스를 입었다. 남편은 특유의 자상한 미소로 웃고 있었다. 그들의 굳건한 사랑의 맹세는 얼마나 허망한 것인가. 나는 환하게 웃는 신부의 얼굴을 나이프로 천천히 그었다. 후련했다." 그러나 '메리골드'에 대한 보다 핵심적인 '나'의 심리적 태도는 죽은 엄마와의 '이별'로 인한 심리적 상처에 있다. "메리골드 꽃을 따서 염색한" '노란 원피스'를 입고 있는 진서영의 모습에서 '나'는 죽은 엄마의 이미지를 떠올린다. 그 이미지 속에는 상실과 부재라는 존재론적 상흔이 자리하고 있다.

나는 작업용 나이프를 손에 쥐었다. '모성', 엄마는 아득히 먼 곳을 바라보고 있다. 몸은 먼 곳을 향하여 가고, 표정

은 아이에게서 차마 떨어질 수 없는 듯 안타깝다. 나는 나
이프로 흙을 바르고 또 발라 표정을 다듬었다. 아이는 엄마
의 노란 원피스를 붙잡고 한사코 떨어지지 않으려고 했었
다, 아주 오래된 일.

— 「메리골드」 가운데서

이별과 죽음의 상처가 문제라면, "그날로부터, 사십여 년이
흘렀다"로 시작되는 「떠도는 영혼의 노래」를 따를 만한 작품은
없다. 1980년 5.18 광주의 상처를 모티프로 한 작품이다. "잃어
버린 시간이 현진을 향해 기억의 그물을 펼친다"는 작가의 표현
을 빌려 말하자면, 이 소설은 '잃어버린 시간'(혹은 '실종된 아버지'
라고 해도 된다)을 찾아 '떠도는 영혼의 노래'이다. 물론 그 '떠도
는 영혼'은 소설의 세 주동 인물 모두에게 해당될 수도 있다. 실
종된 아버지를 찾아서, 또는 기억에서조차 지우고 싶은 고향인
광주를 떠나 객지를 떠돌았던 소설의 화자 '문현진'이 그렇고, 실
종되어 생사를 확인할 길 없는, 이제는 영혼으로만 남은 아버지
'문귀석'("아버지. 감쪽같이 존재가 사라진, 세상에 무의미한 이름이 된
문귀석. 현진은 도시와 소읍의 정신병원과 요양원을 뒤지고 다녔다. 찾
을 수 없었다. 죽었으나 죽지 못한, 현진의 아버지는 먼 허공 어딘가를

떠도는 넋이 되었을 것이다")이 그렇고, 또한 '그날'의 사건의 충격
으로 "강원도 오지에서 아내와 함께 그림을 그리고" 사는 사촌
오빠 '문현철'이 그렇다. "처참하지만, 순결한 피의 도시"를 배경
으로 한 그날의 사건은 "기억이 환상처럼 허공을 떠돈다"고 할
만큼 기억조차 하고 싶지 않아 근 40여 년의 세월을 망각/기억
상실 속에 묻어둔 상처였다. 하지만 그 상처의 고통과 아픔은 어
느 날 "장미꽃 환한 담장을 찍다가 언뜻" 떠오른 '파란 대문집'으
로 인해 망각으로부터 소환된다. 상흔은, 상처의 기억은 존재를
그곳으로부터 영원히 떠나지 못하도록 붙들어 맨다. 상실과 부
재의 슬픔이 과거가 아니라 현재적 사건이 되는 이유이다. 모든
불안은 그로부터 연유한다.

   현진은 친구와 함께 사진을 찍었다. 무등산 아래 어느
   집, 덩굴장미꽃 환한 담장을 찍다가 언뜻 파란 대문집을 떠
   올린다. 있었으나, 없었던 아버지도 떠올랐다. 현진은 아버
   지의 얼굴이 차츰 기억나지 않았다. 이사 다니는 동안, 단
   하나뿐인 앨범을 잃어버렸다. 아버지의 얼굴은 어떻게 생
   겼는가. 기억이 가물가물했다. 현진은 여전히 사망신고를
   하지 않았다. 죽은 그의 몸을 본 적이 없었다. 어딘가 살아

있을지도 모를, 의문의 실종. 호적에 문귀석의 자식이라고 기록이 되었으므로, 그는 아버지임이 분명했으나, 팔십 년 그날 어딘가에 암매장되었을지 모를 실종자일 수 있다. 현진은 아버지의 죽음에 대해 그 어떤 것도 알지 못할 것이다. 죽을 때까지, 그의 마지막 음성만 귓가에 남을 것이다.

— 「떠도는 영혼의 노래」 가운데서

3.

애초 우리는 일상의 '틈'이라는 단서로부터 『메리골드』의 세계로 들어왔다. 그러나, 이 일상이라는 범주는 그것을 둘러싼 장으로서 자본/돈과 권력/법의 영역으로까지 확대되어야 한다. 왜냐하면 현대는 개별 존재들의 일상을 통제 관리하는 효율적인 체계를 자본과 권력에 의해 정당화하고 있기 때문이다. 그 시스템을 벗어날 도리는 없다. 그것이 만든 일상이 바로 현대이기 때문이다. 이 요구에 부응하고자 하는 작품들이 「꿀」과 「빛의 감옥」과 「아무도 모른다」이다. 이 작품들은 일상의 '위태로운 행복'을 지탱하는 사회 체제로서의 자본주의와 또한 권력과 법에 의한 지배라는 현대 사회의 관리 체계에 뚫린 '틈'을 열어 보임으로써,

이 사회 현실의 내부에 도사린 '불안'의 근원을 탐사하고 해부하고자 하는 듯이 보인다. 물론, 현실은 그러한 틈조차 허용되지 않는 촘촘한 미시권력과 법의 그물망으로 구성되어 있긴 하지만 말이다. 하지만 그렇기에 역으로, 권력/법과 자본주의 체제의 '틈'은 곧장 그 체제의 '불안'을 증명하는 유력한 알리바이에 지나지 않을 뿐이다. 언급된 작품들이 사회—이데올로기 비판적 성격을 갖는 것은 바로 그런 맥락 때문이다. '조울증'과 '대인기피증'을 앓고 있는("수면제 중독으로 병원에 실려 갔다"오기도 한다) 듯이 보이는, 「꿀」에 등장하는 주인공 '그녀'의 행적에서 그러한 틈을 발견하게 되는 것은 우연이 아니다.

그녀는 식탁 위에 있는 꿀단지를 쳐다보았다. 꿀단지가 놓인 쪽으로 개미들이 일렬종대로 모여들고 있었다. 꿀단지는 거의 바닥이었다. 그녀는 꿀단지를 열고 꿀 한 숟가락을 떠냈다. 입으로 가져가려다가, 꿀단지 옆으로 기어드는 개미들 위로 흘렸다. 개미들이 허우적거리며 꿀 속에서 버둥거렸다. 무표정한 그녀가 비웃음 같은 표정을 흘렸다. 질서정연한 개미 행렬 위로 꿀을 주르르 흘러내리자 선두를 잃은 개미들이 방향을 잃고 우왕좌왕 어찌할 바를 몰랐다.

당황한 개미들이 흩어져 도망치거나 꿀 속에 빠져 죽었다.

—「꿀」가운데서

자본/돈이라는 '꿀단지'를 향해 일로매진하는 개미들의 군상을 그린 이 작품은 말할 나위도 없이(주식투자의 귀재로 알려져 그 노하우를 강의하는 '그녀' 역시 꿀단지를 향해 달려드는 일개 개미에 불과할 뿐이다), '남주문화재단'이라는 "거대한 감옥" 혹은 「빛의 감옥」의 내부를 밝히려는 작품은 미술전시실 기획 관리직으로 일하고 있는, '최 선생'이라고 불리는 한 비정규직 여성의 참혹한 현실(그러니, 그것을 또한 권력/법의 '틈'이라고 할 수 있겠다)을 그린 이야기이다. 전임 원장의 죽음이라는 사건을 계기로 '실어증'과 '이명'을, 또한 '불면증'을 앓고 있는, "가난한 집안의 유일한 가장"인 그녀에 대해 소설은 다음과 같이 보고하고 있다. "직원들은 그녀를 '그 비정규직'이라 불렀다. 다른 팀의 비정규직을 '저 비정규직'이라 불렀다. 그들이 만든 호칭이 정확히 누구를 지칭하는 건지, 그녀는 헷갈렸다." 권력과 법의 질서가 지배하는 듯이 보이는 이 '빛의 감옥' 속에서 개별 존재자로서의 인간은 자신의 고유한 정체성을 부정당한다. 그녀는 그저 익명의 '그 비정규직'일 뿐이다. 말하자면 '투명인간' 혹은 '유령'인 셈이다. 과연,

작가는 "장대 같은 한 줄기 빛 속에 갇혀버린 채, 그녀는 전신이 투명하게 보였다"고 적었다.

> 그가 죽었다. 구급차를 타고 떠난 지 일주일이 지난 후
> 였다. 그의 사망소식을 들었으나 그녀는 갈 수 없었다. 자
> 가격리 상태여서, 그의 임종을 지키지 못했고 마지막 가는
> 길을 볼 수 없었다. 선 화장, 후 장례. 감염병 예방을 위해
> 24시간 내에 화장을 해야 한다, 는 통보를 받고 보건소 담
> 당자와 연락 후, 화장장을 전화로 접수했다. 모든 것을 맡
> 길게요. 절차대로 해주세요. 장례문화원에 연락했을 때, 그
> 가 불린 이름은 K시의 81번 확진자 사망자였다. 그녀는 그
> 의 유골함조차 만져보지 못한 채, 그를 세상에서 완전히 떠
> 나보냈다.
>
> ─「아무도 모른다」 가운데서

「빛의 감옥」과 같은 문제의식의 자장 속에 놓여 있는 「아무도 모른다」는 '팬데믹 시대'라고 불리는, 완벽하게 권력과 자본의 관리와 통제를 보장하는 시대의 인간 존재의 초상을 그리고 있다. 이 초상은 또한, 코로나로 진단받은 후 급히 구급차로 떠난 남편

의 죽음을 두고 펼쳐지는 시대와 역사의 '불안'과 불확실성에 대한 보고서이기도 하다. 「빛의 감옥」의 '그 비정규직'과 꼭 마찬가지로, 한 인간은 그저 '81번 확진자 사망자'일 뿐이다. 그 '81번 확진자 사망자' 김명국의 아내인 '그녀'나 그녀의 딸조차 (감염과 그에 대한 방역을 이유로) 자신의 남편이자 아비인 존재의 죽음과 장례('선 화장, 후 장례'는 법으로 정해져 있는 듯하다)를 지킬 수 없는 현실은 이 관리 통제 체계의 일상과 시대가 갖는 비인간성/비고유성을 말해준다. '팬데믹'이라는 용어로 상징되는, 철저히 통제 관리되는 시대의 존재와 삶은, '위태로운 행복'이 지배하는 개별적 존재의 일상이 사회적으로 확장된 공간으로 그 배경만 변모되었을 뿐, 본질적인 차이를 갖지 않는다. 그 엄격한 관리 체계 역시 일상에 난 '틈'과 마찬가지로 온갖 구멍이 숭숭 뚫린 틈을 보여주고 있을 뿐이다. 그 틈으로 사회적 '불안'과 '우울'이 침범하면서 자본과 권력 체제의 지반이 지닌 구조적 취약성이 드러난다. 동시에 그 불안은 '어떤 일이든 누구에게나 일어날 수 있다'는 보편적 편재성의 특징을 가짐으로써, 불안의 대상이 '무Nichts'임을 분명히 하는 듯하다. 체제와 그것이 만든 일상의 취약성은 동시에 인간이라는 존재 자체를 지탱하는 지반의 취약성이 된다. 그 지반은 '무'이고, 그것에 대해 우리는 '아무도 모른다'.

「안개는 어디에서 오는가」는, 「떠도는 영혼의 노래」와 더불어, 『메리골드』의 '슬픔의 존재론'이 절정에 도달한 '인물의 내면'의 무대를 신화적 공간으로까지 확장하고 있다. 소설 속에 등장하는, "태어나면서부터 이미 버려진 운명이었"던 시인 '양선생'의 삶의 이력이 '수라도 할망당 전설'(법천사 '애기업개당' 전설)과 포개지면서 이 존재론은 버려지고 잊혀진 자들의 서러움과 슬픔과 외로움과 통곡을 완성하는 것처럼 보인다. 소설에서 신화/전설과 현실은 구분되지 않는다. 거기에서 신화는 여전히 살아 숨쉬는 현재의 사건이 된다. "신화가 별건가요? 이 세상 일이 신화예요. 내가 바로 애기업개예요"라는 양선생의 처절한 고백에서, "엄마는 나를 버렸고 나는 또 내 아기를 버렸어요. 애 버리는 것도 대물림하는 건가?"라는 통렬한 참회 속에서 신화의 이야기는 현재적 사건과 분리되지 않는 것이다(수라도 전설을 논문으로 쓰려는 소설의 화자인 '문 선생' 역시 고아이다). 현실의 세계가 곧 신화적 사건의 세계이다. 거기에서 시간은 길을 잃고, 또한 '잃어버린 시간'이 된다.

아버지가 병으로 돌아가시자 엄만 나를 데리고 재혼을 했어요. 새아버지 사이에 아들을 하나 낳았죠. 그런데 그

애를 낳은 지 한 달도 되지 않아 새아버지가 가출을 해버렸어요. 엄마는 살길이 막막해져서 일을 나가느라 날마다 집을 비웠지요. 나는 일곱 살 때부터 애기업개가 된 셈이죠. 남동생을 업어서 키웠어요. 똥기저귀 갈고 우유도 먹이고, 하루 종일 애 보느라 학교에도 못 다니다가 남보다 2년이나 늦게 입학했죠. 엄마는 둘을 키우기는 힘들다면서 나를 고아원에 맡겼어요. 남동생이 학교에 갈 나이가 되자 내가 쓸모없어진 거죠. 일주일에 한 번씩 보러 온다던 엄마는 그후 어디론가 떠났고 한 번도 나를 찾아오지 않았어요.

— 「안개는 어디에서 오는가」 가운데서

『메리골드』는 자본주의 체제의 첨단에서 작동되는 주식시장(「꿀」)으로부터 시작해, 권력과 법의 체계가 그 말단까지 관철되는 조직 사회(「빛의 감옥」, 「아무도 모른다」)를 거쳐, 또한 미시적 일상(「메리골드」)과 예술의 영역(「빅 블루」, 「붉은, 행간」)을 횡단하면서, 마침내 이제는 신화나 전설 속으로 편입되어 하나의 풍경이 된 듯이 보이는 영역(「떠도는 영혼의 노래」, 「안개는 어디에서 오는가」)에까지 스며들어있는 '불안'의 징후를 탐지하면서 그 심연의 근원을 탐사하고자 했다. 신화는 기억을 보존한 '이야기'이다. 물론, 문학/소설은 그 기억의 자손이다. 기억은 언제나 시간의 지속을 전제한다. 그리고, 지속은 '계기Moment'에 의해 그 연속성을 보장받는다. 만약 계기가 존재하지 않는, 그리하여 무한히 늘어진 어떤 시간이 존재한다면, 우리는 그것을 '영원Eternity'이라고 할 것이다. 영원 속에서 계기는 무화되어 마침내 시간은 정지한다. 역으로 말하자면, 시간의 결절점인 계기들이야말로 오히려 시간의 연속성을 보증하는 지표가 된다는 것이다. 그러므로 불면이나 기억 상실/망각은 의식 속에서의 시간의 단절, 혹은 '잃어버린 시간'의 경험이라는 사실을 말해준다.

기억과 꼭 마찬가지로, 의식 속에서의 시간의 계기는 '잠'이다. 잠이 없다면, 그러니까 불면은 자신의 존재 계기를 상실한 의식 바깥의 사태를 만든다. 그리하여 『문학의 공간』을 쓴 한 철학자는 의식을 '잠들 수 있는 능력'이라고 정의하기도 했던 것이리라. 잠들 수 없는 의식은 자신의 존재 계기를 확보할 수 없는 '무'의 상태에 머물게 될 것이기 때문이다. 따라서 우리는 불면 또한 시간의 상실과 단절을 불러온다고 말할 수 있다. 불면 역시 '잃어버린 시간'이라는 사태를 만든다는 것이다. 『메리골드』의 핵심적인 모티프로 작용하고 있는 신경증적 증상으로서의 '불면'과 '기억 상실/망각'은 이처럼 '잃어버린 시간'의 경험이라는 공통된 지반을 갖는다. 그리고 그것들 모두는 '불안'의 신체적 증상으로서 현상한다.

『메리골드』의 작품 세계 안에서 불안은 또한 과거의 기억 속에 존재했던 '상실/버려짐과 부재의 상처'들, 즉 이별이나 죽음의 사건들로 인한 '깊은 슬픔'으로부터 발원한 것이었다. 이 불면과 기억 상실로 상징되었던 '잃어버린 시간'의 회복, 혹은 『메리골드』의 한 소설 속에 등장하는 용어로는 '기억의 기억'은 작가에게는 일종의 '소설의 사명' 같은 것이었다. '세헤라자데'로서의 작가는 '죽지 않기 위해서', 죽음의 공포와 불안 속에서 '잃어버린 시간을 찾아서' 일상과 예술과 신화의 심연을 응시하고자 했다. 물론, 그 심연의 응시는 '존재론적 현기증'을 불러온다. 그러한 그 현기증 속에서 상실과 부재의 흔적이 언뜻 하나의 풍경처럼 스치고 지나간다. 그 심연의 풍경 속에 똬리 틀고 있는 것은 작가에게는 '크나큰 슬픔'이었던 것 같다.

부재와 상실의 체험은 김현주의 작품 세계를 견인하는 축이다. 그러나, "시간의 명백한 진실은 감출 수가 없다"(『아무도 모른다』). 그렇기에 그 상실과 부재의 경험을 치유하고 극복하기 위해서 작가는 언제든 그것이 기원했던 자리로 돌아가 다시 시작할 필요가 있었다. 원인에 도달하지 않고서는 어떤 치유도 불가

능하기 때문이다. 마치 '씻김굿'이 그러한 것처럼 말이다. 『메리골드』의 여정이 곧 '잃어버린 시간을 찾아서' 상실과 부재라는 존재론적 상처의 자리로 되돌아가는 여정이 되는 이유이다. 그리하여 또한 김현주의 작품 세계가 '불안의 현상학'이 되는 것도, 그 불안의 밑자리에 똬리 틀고 있는 '슬픔의 존재론'이 되는 것도 그 같은 이유에서이다. 거기에서 불안은 현상적이고, 슬픔은 본질적이다. 불안은 개별적이고 슬픔은 전체적이다. 불안은 부재의 느낌이고, 슬픔은 상실의 감정이다. 비록 "감정은 세계에 대한 반응이 아니다. 감정은 당신이 구성하는 세계의 일부"(『감정은 어떻게 만들어지는가?』, 리사 펠드먼 배럿 지음, 생각연구소, 2017)라는, 보편적인 '감정의 지문'을 부정하는 인지과학적 진단이 주목받는 시대이긴 하지만, 그러나 그 '구성하는 세계의 일부' 역시 존재 일반의 한 단편에 지나지 않는다면, 존재의 내면은 여전히 오리무중의 심연으로 남게 된다. 현기증을 유발하는, 전체적 인간 존재의 내면적 근원으로까지 깊이를 확보하려는 『메리골드』의 노력이 소중한 이유이다. '심연에 가 닿기'는 바로 그 근원에 닿으려는 노력에 붙여진 이름이다.

메리
골드

초판 1쇄 인쇄   2024년 10월 25일
초판 1쇄 발행   2024년 11월 07일

—

지 은 이   김현주
펴 낸 이   임성규
펴 낸 곳   다인숲
디 자 인   정민규

—

출판등록   2023년 3월 13일 제2023-000003호
주   소   62357 광주광역시 광산구 월곡산정로 20-49 101동 106호
전자우편   a-dream-book@naver.com

—

*책 가격은 뒤표지에 표시되어 있습니다.
*지은이와 협의에 의해 인지는 생략합니다.
*잘못된 책은 교환해 드립니다.

—

ISBN 979-11-988967-4-2 03810

이 도서는 2024년 문화체육관광부의 '중소출판사 도약부문 제작 지원' 사업의
지원을 받아 제작되었습니다.